——這股憂鬱、令人窒息、
肝腸寸斷、依然鬱悶，
像是以刺鐵絲緊緊勒住胸口的
情感名稱。

「透明」。

我們是如此稱呼它的。

——噯，秀。

我衝上階梯打開門，七月的蒼穹便出現在那兒。背對著那片湛藍美景，站在屋頂邊緣的她，以如同蜂蜜般的甜美嗓音開口說道。

——你要不要和我殉情？

那時候，我應該怎麼回答她才是呢？我該和她一塊兒跳下去嗎？還是說，有什麼話語可以對她述說呢？

我一句話也說不出口。換言之，這表示我束手無策。我什麼也沒能為她做。我自以為了解她的本性，但我果然對她一無所知。我無從施予任何救贖，也不能夠使她回心轉意。我連阻止的空檔都沒有，她便掉到屋頂的另一頭去了。

我伸出去的手劃過空中，她的髮梢掠過了我的指尖，隨後消失而去。

我聽見了某種東西摔爛的聲音。

直至七月的人生已到盡頭

天澤夏月

I

我曾經和一個女學生聊過，關於女高中生所穿的開襟衫。

「為什麼女生在夏天也要穿開襟衫呢？」

「阻擋冷氣、防止日曬、妝點自己、彰顯個性，開襟衫各種萬能喔。只不過就我們學校的情況，意義可能又有些不同了。」

我們學校女生的地位，大致可從開襟衫看出──她明明也是女生，卻說得事不關己似的。

「首先是有沒有穿著開襟衫。如果有的話，就看它的顏色。」

我即刻明白了她的言下之意。

聽她這麼一說，班上引人注目的女孩子身上大多都穿著色彩繽紛的開襟衫，在教室裡頭像是祭典的彩色小雞一樣光彩奪目。對她們而言，開襟衫便是身分的象徵。她們會找出和班上其他人不重複的顏色，當成自己專屬的色彩，嘰嘰喳喳地主張著。

「身穿熱門顏色的女生表示地位很高，像是粉紅色之類的。不過那種顏色很競爭，因此多半會是班上的中心女孩穿，其他人退而求其次穿相近但稍微樸素點的顏色。」

如此述說的她，也是開襟衫組的。她總像是連帽外套一般，身披比她體型大了一圈的寬鬆白色開襟衫。據她所說那是地位的證明，所以女生社會的複雜程度，是被摒除在男生社會之外的我所想像不到的。不過她確實是個適合白色的少女。

喔——我開口說道。

「真有意思。那麼，我也穿上粉紅開襟衫的話，是否就能成為妳們的一分子呢？」

我自以為狠狠地挖苦了一番，她卻只是笑著說：

「啊哈哈。可以呀，我讓你加入。」

那便是我和「飯山直佳」的初次交談，原本也應該會是最後一次。

她是個搶眼的學生，顯而易見地身處班上的上流階層。她的頭髮是淡淡的栗子色，平時都紮著馬尾。和她白皙的肌膚十分相襯的深藍色水手裙，長度要比標準款短了些，稍稍反抗著所謂的「普通」。她只要說話便笑口常開，緘默不語時則活力十足，儘管個性認真卻不會過於死板，即使時而得意忘形也絕對不會走錯一步路。就這層意義上，她確實很像是「白色」。同時她也無庸置疑地是開襟衫組。

我第二次和她交談，是從那次過了半年多之後，升上高二的七月一日的事情。

東棟三樓一角，有一間無人利用的空教室。這個校內小小的聚集處原本似乎是視聽教室，不過在西棟新校舍完工的同時便不再使用，現在則徹底化為置物空間了。以揚聲器和麥克風為首，電腦、音響設備、無謂地擺了三個的掃具櫃，以及大量的桌椅——總之沒人用的東西堆積如山。這裡並未上鎖，不曉得是不是壞了。我把這個隨時都能進來的地方，當成一個躲避午休喧囂的小型避難所。一旦到了午休時間，我就會拿著便當離開教室來到這裡，坐在窗邊最角落的位子上，聽著音樂吃午飯。由於我發現音響設備還能用，所以把喜歡的ＣＤ放進去接耳機來聽。我放的大多是鋼琴曲。

平時會打亂這段微小平穩的東西，照理說只有第五堂課開始前五分鐘的預備鈴聲。當我才想說聽見了不好開關的拉門開啟的聲音，一名女學生便探出了頭來。

除了我之外也有其他古怪學生把這兒當成地盤一事，本身並不怎麼令人驚訝。迄今我有發現過這樣的痕跡，再說教室根本就不是我的私有物。

我吃驚的是，那名與眾不同的學生是飯山直佳。

剛進入七月的校舍裡，已經換上短袖的學生開始引人注目了。不過衣服本身就是身分象徵的開襟衫組，不可能為區區暑氣所折服，因此今天她也披著白色開襟衫。不過，一般來說開襟衫組午休時間不會出現在這種地方。理論上她們應該忙著在教室、走廊或中庭，度過一段吵吵嚷嚷的午餐時光。她的出現極其矛盾。只見她手上拿著一個隨身小包，裡頭也不像裝有午餐的樣子。

「咦，是內村同學。」

飯山注意到我了。

「……妳好。」

正下定決心要把討厭的小番茄送入口中的我，無可奈何之下只好回應她。

「你怎麼會在這種地方呢？」

「我在吃午飯。」

「這我看也知道呀。你為什麼會在這裡吃？」

「我討厭教室。」

這沒什麼好隱瞞的，所以我據實以告。聞言，飯山點了點頭。

「這我也曉得。」

「是喔。那妳究竟想問什麼呢？」

「我在想，你怎麼會選擇幽靈教室。明明其他地方要多少有多少。」

只有女生會把舊視聽教室稱作幽靈教室，大部分的男生都不相信。簡單說就是有個「幽靈出沒」的傳聞，但我也不信。

「正因為是幽靈教室啊。這裡不會有人來，還有音響可以用。」

我指著陳舊的音響設備說。

「原來如此。我打擾到你了嗎？」

飯山傷腦筋地抓了抓頭。

「該怎麼辦好呢……」

她低聲喃喃說道，我則是蓋上還剩下一半的便當。既然她刻意選了一個杳無人煙的舊視聽教室進來，那麼不難想像她抱持著不太願意對外人道的想法。

「這兒給妳用吧，我已經吃完要走了。」

我站了起來並這麼說道，於是飯山瞪大了雙眼。

「咦？可是午休時間還很久喔。」

「妳說的沒錯，還有其他地方可以去。」

坦白說我也沒那麼多目的地，不過就算要回教室也行。總之，如果飯山會定期利用這個地方的話，今後也有可能會碰上她，我得另外找個去處才行。

飯山一臉耿耿於懷的模樣佇立在原地，於是我穿過她身旁伸手準備開門。

「啊！」

當我才想說她的聲音由背後傳來，便發出了某種東西接連散落一地的聲音。我回頭望去，發現飯山露出一副「糟糕啦」的表情仰望天花板。她的腳邊似乎有著大量的——ＵＳＢ隨身碟？

「糟糕啦。」

飯山如此實際出聲呻吟著，同時蹲下去撿拾隨身碟到開啟的包包裡。看來那個包包裡裝著隨身碟。會是沒注意到包包開著而翻了過來嗎？

猶疑了一瞬間，我收回放在門上的手，蹲在她面前。我撿了手邊幾個隨身碟，默默遞給她。那些小小的白色隨身碟全都是同樣的規格。每一個都貼有手寫標籤，還寫著很多熟悉的名字。我隨即察覺那是班上同學的姓名，不過隻字未提。她收下隨身碟的同時，詫異地看著我的臉。

「……謝謝。」

「這點小事沒什麼。」

一方面我心想「她為什麼拿著這麼多的隨身碟到處跑呢」，而且也很在意寫著同學姓名的隨身碟內容為何。我雖然不積極與人來往，避免和他人扯上關係，但並非對別人不感興趣。只不過我十分清楚，世上有許多事情是不知為妙。

「……我還是出去好了。內村同學，你的便當還沒吃完吧？」

飯山說完，迅速地站了起來。在我開口說些什麼之前，她先動手打開了教室的門，一溜煙地離去了。

我或許傷害到她了。儘管不認為她猜中了我的心思，可是便當裡的東西好像被她看穿了。

「……為時已晚了。」

我像是說給自己聽一般喃喃細語，而後也打算走出教室。

我的腳尖有種碰到東西的觸感，發出了鏗一聲。那是被我踢飛的某物在地上滑行後撞到牆壁的聲音。我蹲下一看，發現它和我方才所撿的物品一樣，是個小小的白色ＵＳＢ隨身碟。這是飯山的東西吧。

我思索了一陣子之後，將它放進口袋裡。

我們學校有個叫作「開放校園股長」的職務。那是在針對國中生所舉辦的開放校園活動中，負責協助教職員或接待來賓並帶路的工作。據說學校的考量是「藉由和在校生互動，讓對方感受到校風」，不過三年級正忙著準備考試，一年級在這個時期尚未完全融入高中生活，因此這項工作只會分派給二年級。舉凡暑假、大型連假、寒假等，一年會有好幾次利用完整的一段時間執行活動。每逢這個時候，便會從各班召集男女各一名同學負責。包含我在內，所有人都覺得這是份避之唯恐不及的麻煩差事。

「現在要來決定暑期校園開放活動的負責人嘍。」

那天放學後的班會，班導永井才這麼說完，班上果然微妙地散發出一股嫌麻煩的氛圍。不曉得永井是預料到這股反應還是習慣了，只見他在黑板角落小小地寫著「開放校園股長」，並畫了兩個框框。

「要自告奮勇的同學就在這兩天把名字寫上去。要是沒有任何人寫的話，明天放學後的班會我們就要來抽籤喔。」

「咦～」我茫茫然地聽著有如固定橋段一樣的噓聲。我絲毫沒有自願參加的意思。在這個男女合計四十人的班級裡，抽到下下籤的機率是百分之五左右。我幾乎沒有雀屏中選的可能性。

這樣啊，已經要放暑假了嗎？我內心僅有如此平淡的感慨。

窗外，梅雨季尚未結束的單色天空，正在隔著東棟可見的世界中陰沉沉地拓展著它的範圍。喜歡雨天的我，也很中意梅雨。梅雨時期的滂沱大雨，感覺像是會把所有聲音吸納進去。我討厭酷暑和嘈雜。今年夏天大概也不太會出門吧。

開完班會後，我從負責打掃的物理教室回來，結果發現黑板那邊有人三五成群。她們是開襟衫組的女生。

「暑假還要當什麼開放校園股長，真的太扯了。」

「是呀。不過我們學校的升學率算是不錯的，所以在這方面會很一板一眼呢。我國三的時候也有來參加這個活動喔。」

「妳好認真。那時候的二年級學生怎麼樣？」

「哎呀，冷漠到我都快不禁笑出來了。不過這也難怪啦，我現在可以理解了。」

「既然如此，老師何不選一個親切的同學上場就好了。反正是老師的命令，那個人也無法違抗嘛。」

「那乾脆真奈妳去好了。」

「不，拜託真的別讓我去應付國中生。」

在笑聲影響之下，我一瞬間將目光移向她們那裡。以格外高亢的聲音笑著，身穿酒紅色開襟衫的女生是片柳真奈。那件衣服的顏色八成是班上最濃、地位最高的吧。一旁的橫川由美則是穿著粉紅色的開襟衫，她也很惹人注目。以她們倆為中心，有三組身著開襟衫的同學成群結黨著。

「由美妳才應該去吧？這好像會加分喔。」

「才不要。應該說，那個時期的預定計畫我都排滿了。」

「手腳也太快。萬一抽到妳該怎麼辦呀！」

「就找個人幫我代班吧。」

「我絕對不要！」

「不如找小直幫忙？感覺她很擅長做這種事嘛。」

「喔，小直似乎不錯呢。是說，打從一開始就幫她寫上名字不就好了？」

「喂喂喂。」

叩叩叩——黑板響起寫著粉筆字的聲音。我再度瞄了一眼，看到「飯山直佳」的名字寫在上頭。身穿白色開襟衫的少女並不在場。

「那麼，男生就……」

就這麼愣愣望著黑板的我，和轉過頭來的片柳正好對上了眼。她大概是試圖看向座位，回想男生的名單吧。

「咦，原來你在這兒呀，內村。」

「……是啊。」

由於我人在這裡，不得已只好回應她。

「你覺得怎麼樣，要不要當開放校園股長？」

「妳在開玩笑吧。」

我冷冰冰地如是說，片柳又咯咯一笑，不曉得哪裡有趣了。

「就是說呀。感覺你鐵定不會願意的呢。」

「承蒙妳的賞識。」

我盡可能咧嘴露出了冷漠的笑容。要我假惺惺地掛著微笑帶國中生參觀校園？別鬧了。就這點來看，我和片柳共享著相同意見。

片柳環顧著班上，似乎在思索哪個男生適合這個任務。我瞟了一眼黑板，確認飯山的名字還在上頭後，便離開了教室。

我是回到家之後才想起那玩意兒的存在。

「啊……」

我將手伸進制服口袋，試圖拿出家中鑰匙時，指尖的陌生觸感令我發出愚蠢的聲音。我徹頭徹尾地忘記口袋裡頭的東西除了家裡鑰匙之外，還有一個小小的白色ＵＳＢ隨身碟。

那是飯山的失物，我在舊視聽教室裡撿到的。

我原本想在事後交給她，卻壓根兒忘了這回事。飯山是否留意到隨身碟少了一個呢？放學後她並未特別找我攀談就是了。

……明天再拿給她就好了吧。

區區一個隨身碟，一天不見也不會造成什麼困擾。

我內心如是想的同時，不經意地將隨身碟翻過來看——望見標籤的我，整個人僵住了。我拿起隨身碟瞇細了雙眼，目不轉睛地死盯著它瞧。

它和別的隨身碟一樣貼有標籤。然而上頭所寫的，卻不是名字。

邊角有些剝落的標籤，以英文這麼寫道：

「suicaide memory」

「意思是……自殺記憶？」

我躲進房間，開啟筆電的電源。換下制服的我，將USB隨身碟從口袋裡拿出來。不論我看多少次，上頭都列著這兩個英文單字。我凝視著啟動的電腦桌面讀取畫面，剎那間猶豫了起來。

結果某種情緒扼殺了罪惡感。我知道那份情緒是什麼東西，連它也順便一起抑制住了。

我將隨身碟插進連接埠，藍色光芒閃爍了數次後，檔案總管便自行啟動了。隨身碟裡頭只存放著資料夾和檔案各一。資料夾取了個奇妙的名字，叫「七月的端粒」。我點了一下，它便要求我輸入密碼。我當然不可能曉得。檔案那邊則是單純的文字檔，名稱則是「無標題」。它的容量甚小，修改日期是最近這陣子。

我決定暫且不管無法閱覽的資料夾，以顫抖的手指點擊了並未上鎖的文字檔。

遺書

這是遺言。

我要自殺尋死。

我活得好累。

應該說，目前為止我是否有活過呢？

我搞不懂了。我長久以來都不明白，自己活著的今天是否真的是今天？自己記得的昨天是否真的是昨天？等待著我的明天是否真的是明天？我一直感到有落差。

我已精疲力盡了。

這不是別人害的。我只是形單影隻地擅自對自己感到絕望而決定尋死，並不是爸媽或朋友的過錯。是我自己的問題。一切都是我的責任。

我過世後的事情，就委由父母和老師處理了。請原諒不孝的我先走一步。

我將隨身碟從電腦抽出來。

「……為什麼……」

那天我久違地失眠了。

＊

隔天下雨了。

我撐著塑膠傘到學校去，發現飯山的名字還留在教室黑板上。看來片柳她們沒有擦掉。我的目光轉向板擦，不過已經有數名同學來到教室了，因此我乖乖地坐到自己的位子上。

飯山是在預備鈴敲響後來學校的。今天也披著白色開襟衫的她，望見黑板上寫著自己的名字，頓時停下了動作。片柳她們則是一臉若無其事的樣子，大概是打算對她惡作劇吧。飯山和片柳平時的交情還不錯。

我在等飯山開口說「真是的，這誰寫的呀？」片柳她們八成也在等待。

結果飯山什麼也沒說。

她只是一屁股坐在自己的座位，而後將書包裡拿出來的筆記和鉛筆盒收進桌子裡。

上課鐘聲此時正好響起，永井走進教室。他立刻就將目光停留在黑板上，一副大感意外似地望向名字被寫在上面的女學生。

「喔，飯山妳要自告奮勇嗎？」

飯山只是頷首回應。

我回頭看向片柳，她也大驚失色。看來飯山有意接下開放校園股長這個並非出於己意的工作。不管怎麼說我們都在同一個班上，我自認對飯山的事情有一定程度的了解，這真是徹底出人意表的發展。

「小直，妳為什麼一聲不吭呢？」

「咦？」

班會結束後到開始上課的數分鐘之間，片柳她們跑去逼問飯山。知曉內情的我，悄悄地豎耳傾聽。

「那是我們胡鬧寫下來的喔，妳怎麼會當真呢？」

從聽見片柳的話語到飯山開口的期間，有一段奇妙的空檔。

「——喔，沒有啦，我原本就在考慮要不要主動報名了。可是一早來看到自己的名字寫在上頭，我才想說『奇怪？我昨天有寫下來才回去嗎？』這樣。」

不知為何，飯山的回答聽在我耳中顯得非常草率。

「一般不會那樣想吧！」

似乎沒有察覺到的片柳敲著飯山的頭。飯山則是傻笑著。

我緊握口袋裡那個小小的ＵＳＢ隨身碟。

——我要自殺尋死。

可能是昨天看到了那種東西的關係，我感覺飯山的一切都莫名地空空蕩蕩，宛如一具空殼似的。無論是她的笑容，或是一如往常的開朗舉止。

之後，飯山很平常地上著課。我現在的位子是在教室左後方，而她坐在正中央，從我這兒能夠清楚觀察到她的狀況。那張認真地抄著筆記的側臉，還有偶爾撩起頭髮的動作。她不時調整著馬尾，不曉得是否很在意綁結。

自殺。

認識飯山直佳的人，難以聯想到這個詞彙。

她是在去年文化祭結束的時候，忽然來到一年三班的。她並不是轉學生。飯山原本便就讀這所學校，不過第一學期一直請假沒來上課。學校活動落幕後的班級會產生一股莫名的向心力，周遭的人也認為「有著半年空窗期的人想必很難加入大夥兒」而有意無意地顧慮著她，但飯山轉瞬間便徹頭徹尾地融入了班上，令人覺得那份憂慮愚蠢透頂。甚至到了從四月就在這個班上的我，被當作是外來者也不奇怪的地步。我——儘管從未對人提起——對重考過高中有股自卑感。可是和她相比，這種東西連藉口都算不上。

沒錯，飯山完全成了班上的一分子。即使升上二年級，這點也不變。就算是新的班級也能在眨眼間構築嶄新人際關係的速度，的確很像是會染上所有顏色的「白色」。

她成績優秀。

也擅長運動。

不但人際關係良好，也深受老師信賴。

飯山似乎有被勸邀加入學生會，不過她並沒有參與委員會或社團活動。取而代之的是，她經常在放學後和開襟衫組聚在一塊兒，開心地談天說地。

半年的空窗期就像是騙人的一樣，她翩翩翻動著白色開襟衫，歌頌著高中生活。

——遺書、自殺、活得好累。

這些詞語難以和飯山直佳做連結。

由於過了一天的關係，我很難把隨身碟還給她。縱使並非那樣，那張標籤也令人卻步，我不想親手歸還。話雖如此，偷偷放在桌子裡也不成。總覺得這樣會散發出一股看過內容物的愧疚感，而飯山也會發現是我放的吧。這樣到頭來還是會因為被要求封口或什麼的，得和她交談。和直接交付沒什麼兩樣。

就結論而言，我認為放在舊視聽教室比較妥當。

我很想趕快脫手這玩意兒，但丟進垃圾桶實在令人過意不去。因此，我決定當作根本沒撿到過。那裡是個不會有學生靠近的地方，就算放在那兒，也無須太過擔心會再度被撿走。既然飯山會頻繁造訪那裡，那麼或許遲早會找到吧。萬一她早已尋找過就大事不妙了，但這兩天飯山很可能還沒發現隨身碟不見了。

我是在第四堂課想到這件事，所以想在午休時間過去放東西，可是老師拜託我幫忙送筆記本到辦公室，因此錯過了第一時間。當我一度回到教室後，不見飯山的蹤影。我心中帶著「難不成……」的念頭，匆匆前往三樓。

幽靈教室的門是關著的。因為門不好開關，一旦打開必定會發出聲音，但我曉得安靜無聲地開啟它的方法。那就是稍稍抬起門再打開。

我從些微的縫隙往裡頭窺視，結果不好的預感成真了。飯山坐在桌子上摸索著那個包包。糟糕，她是在找隨身碟嗎……？我緊握在右手的隨身碟，因手汗而濕滑。

我屏住氣息繼續觀察，發現飯山忽地舉起了手。她手上拿的並非隨身碟。就算是遠望，我也知道那是藥錠用的ＰＴＰ泡殼包裝。

飯山按壓了幾顆藥出來，面露百般不願意的表情一口氣吞了下去。

而後她再次把手伸進包包，窸窸窣窣地攪動著，像是在找某樣東西。

「……奇怪？不在裡面？」

我的心臟重重地跳了一下。隨身碟在我插進口袋的右手裡舞動著。

「咦，不會吧！」

就在飯山開始慌慌張張地翻攪包包時，我速速地離開了舊視聽教室。

她會想到昨天自己曾將包包的內容物撒在那裡的事情吧。那麼一來，她鐵定會在舊視聽教室裡四處尋找，可是卻找不到隨身碟的蹤影。因為那東西在我手上。

終於來到山窮水盡的時候了。今時今日，隨身碟不存在於舊視聽教室中。之後把東西放回去會明顯很不自然。我能夠和隨身碟說再見的方式，就只剩下坦承一切直接歸還了。但要是我做得到，根本就不會有放回原處的念頭。不然也有把東西交給老師這個辦法。可是縱使透過教師，到最後還是會提及我的名字，就結果而言和親手交還也沒什麼差異。當中有大人介入，還有可能會令事情變得麻煩。

由結論來看，我能夠採取的方法，就只有繼續佯裝隨身碟不在手上了。我這裡什麼也沒有。我什麼都沒看到，也不曉得。這是最輕鬆、最卑鄙、最冷酷的辦法。無論別人怎麼說我都無關緊要。我的首要目的可以就此達成。

意圖自殺的人。

不可和這種人有所牽扯。縱然扯上關係，就憑我也無能為力。更何況還是對飯山這種——

……話又說回來了……

有別於在我腦中盤旋不去的思緒，一道疑惑戳著我腦袋一角。

那是什麼藥呢？

直到放學後的班會，男生的格子都像是理所當然般的沒有填滿。飯山那寫在女生格子裡的名字，依然原封不動。

「那麼就照老師先前宣告的來抽籤吧。男生集合。」

男生們依序抽起永井所準備好的籤。二十名男生由走廊那一側開始抽，所以靠近窗邊的我順序在後面。

僅有一張的下下籤——更正，大獎一直都沒有被抽到。排隊抽籤的人龍愈來愈短，最後終於輪到我了。

我將手伸進小小的箱子裡，抓起第一個碰到的籤條取出來後，永井便接過去打了開來。

「喔，你中獎了。」

我忍不住「呃」地呻吟了一聲。

「呃什麼呃啊，你這樣對自願參加的飯山很沒禮貌吧。」

我吃了永井輕輕的一拳，抱起頭來。

「那麼，夏天的開放校園股長就決定是飯山和內村了！」

在零零星星的掌聲祝福下，我可喜可賀地成了機率只有百分之五的負責人。

打掃後我回到教室一看，發現飯山站在黑板前面。她凝視著並非自己下筆的名字，一副茫茫然的模樣。一瞬間，我在口袋裡把玩著隨身碟的同時，思索著把東西還給她的藉口，但果然還是無法順利如願。或許是感覺到視線，飯山回過頭來，露出微笑。

「請多指教嘍，股長。」

我竭盡全力地擺出一臉不悅的表情。

「今天籤運真背。」

「而且你還說了什麼『呃』嘛。」

「飯山同學，妳為什麼不拒絕這個職務？」

飯山不發一語地聳了聳肩。

「妳的名字是片柳她們惡作劇寫上去的啊。」

我重新補充早上當事人所吐實一事，這次她便點了點頭。

「我想說無所謂，反正也沒人想當。」

這番說法聽起來有點馬虎。

「再說，這樣正好不是嗎？我參加的是回家社，閒得很。你也一樣吧？」

「是沒錯。」

「既然如此，暑假也閒來無事嘛。」

「……我好歹也有事情要做。」

「比方說？」

比方說……對了。

「一口氣看完累積的懸疑小說。」

「嗯，你果然很閒。好了，坐下吧。」

飯山自己坐在最前排某個人的位子上，同時拍了拍隔壁的座位。我杵在原地不動，她便露出了有些恐怖的表情，再次略微使勁地拍打桌子。我不情不願地坐在飯山斜後方的座位上，而非她敲打的位置。於是飯山特地重新跑到我面前的位子上就座，之後轉過來面向我。

「內村同學。」

我不喜歡被直直地盯著瞧，就算對象不是她也一樣。

「你是不是有什麼事想問我呢？」

雖然我心頭一驚，不過勉強沒有讓它顯現在臉上。

想問的事情。

是指看到了大量的隨身碟嗎？抑或是自殺記憶的事呢？又或者是中午我在窺視的事情被她發現了？一般來想會是第一個吧。

我放眼環顧教室。打掃完畢後的教室裡，只剩下為數不多的一些學生。我和飯山的交談照理來說，應該會被認為是在討論開放校園股長的事。

「……飯山同學，妳是駭客嗎？」

我壓低聲音問道。

飯山杏眼圓睜，而後噗哧笑了出來。

「咦？咦？為什麼事情會變成那樣？」

「呃，因為妳手上有一堆隨身碟。我想說，妳是否寸步不離地帶著從學校駭來的學生資料。收集個人資訊是妳的興趣嗎？」

「原來如此呀……感覺會像那樣嗎？嗯，沒錯，我是駭客。」

「我就知道。」

「我也掌握了你不少個資喔。」

「那還真是傷腦筋耶。我該怎麼辦才好？」

「只要你跟大家保密我是駭客的事情，我就不會四處宣揚。」

「好。」

當然飯山並不是駭客一事我心知肚明，這點她也有感受到了吧。簡單說就是劃清界線。我偏離話題核心，飯山則順著我的說法，把那件事「當成是那樣」。若是不這樣操作，感覺我會和她深深扯上關係，這點我想避免。

「內村同學，你真有趣耶。」

飯山悠哉地說道，都不曉得人家的心情。

「哪裡有趣？」

「嗯——用字遣詞？」

「那還真是謝了。」

對飯山很不好意思，可是我並沒有刻意選擇逗趣的詞彙。我的所作所為就本質上而言，和把隨身碟藏在口袋裡並無二致。

然而，飯山卻進一步探出了身子。

「我頓時對你產生興趣了。」

那可傷腦筋了。

「為什麼？」

「因為我不太了解你嘛。除了這兩天之外，我都沒和你說過話。」

我硬是嚥下了某個在喉嚨深處略微發疼的事物。

「在好一陣子前，我們聊過天喔。」

「……抱歉，我不記得了。」

「不要緊啦，也不是什麼大不了的事。」

雖然我自認為是在對飯山說，卻總有種說給自己聽的感覺，於是我補充說道：

「記得是妳剛來學校那時候吧。」

……沒錯，是她開始上學那陣子。

「喔，真令人意外。你還記得那麼久以前的事情呀。」

「意外？」

我抬起頭來，便看到飯山一本正經的模樣出現在眼前。

「呃，我總覺得自己是不是被你討厭了。」

我的心跳漏了一拍。我在躲她的確是事實。

「你想想，像是昨天。還有，剛升上二年級我們坐一前一後時，你都不跟我對上眼。」

剛換班的時候會像國中那樣，只有一開始依照座號順序坐。由於我們倆姓氏相近，我和飯山的位子確實是前後鄰居。她每天都在我眼前搖來晃去的馬尾，還有她為了傳講義時回過頭來的臉龐，我都盡量不去看。

「我並沒有討厭妳。」

不討厭——這也是實話。

「妳對我這個邊緣人來說太耀眼了。」

我想不到什麼巧妙的藉口，於是陳述了某種程度上的事實。

「我？」

「沒錯，妳和我屬於不同的人種。」

「是這樣嗎？」

「就是這樣。」

「可是你不討厭我？」

她如此向我確認，情非得以之下我只好點頭回應。

「那就好。」

飯山開心地微笑起來。她的笑顏令我胸口一陣刺痛。並未遭我討厭對她而言帶有意義一事，確實讓我心痛不已。

那天我們聊了很多話。原本我只打算稍微說兩句就打道回府，時鐘的長針卻不知不覺間繞了一圈，甚至要繞第二圈了。我並不是忘記了時間，只是飯山接二連三推動著話題，我掌握不到離席的契機罷了……這個說法，八成又是我在說服自己了。

放學後的教室裡只有我們兩個在。某處傳來了吹奏樂器還有熱門音樂社的練習聲。不知何時雨勢已止歇的操場上，還有某個運動社團的吆喝聲。外頭沒有雨聲，只有夏天的氣息。

我覺得和飯山之間的對話，稍微有點像是雨後的氛圍。

*

我以「自殺」進行 Google 搜尋，第一個出來的結果是維基百科。不過將關鍵字改為「自殺方法」，就會顯示出某支電話號碼。那便是所謂的生命線協談專線。換成「想死」也會是同樣的結果。我曾經搜尋過好幾次，飯山鐵定也有吧。

我硬是將心中躁動的各式情感給按捺下來，克制自己。「只要找人聽聽自己說話就會變得輕鬆」，這番話本身就充斥著隨口安撫和偽善的意味。縱使找別人商量，霸凌行為也不會結束，過勞不會消失無蹤，內心的傷口也不會淡化。世上充滿了悲劇和偽善。倘若無法成為善人，那麼果斷地當個局外人比較好。

……若是能那麼輕易地置身事外，不曉得會有多麼輕鬆呢。

我把飯山的USB隨身碟收在自己桌子的抽屜裡。狀況徹底演變成我竊取她的東西了。但和看了內容物的衝擊相比之下，就連那份罪惡感都顯得微不足道。飯山直佳盼望自殺，我仍然無法完全接受這個事實。心中痛楚不上不下的我，或許才比任何人都要偽善也說不定。

「內村同學，我們去幽靈教室吧。」

七月四日，中午休息時飯山忽然到我位子來這麼說，讓盤算著今天要在哪兒度過午休時間的我驚訝不已。

「為什麼？」

「我們要討論開放校園股長的事情呀。」

「我可沒聽說。」

「咦？我昨天明明有說過嘛。」

「我可沒聽說。」

我重複了兩次，卻被駁回了。班上同學們帶著像是看到珍禽異獸的目光，目送被帶往舊視聽教室的我。

進入舊視聽教室後，我發出第三次抗議。

「我可沒聽說。」

「是呀，我根本沒說過嘛。」

她若無其事地這麼說，令我啞口無言。

「那妳幹嘛帶我來這兒？」

「我們要討論開放校園股長的事情呀。」

她嫣然一笑，一字一句分毫不差地重複了一次。那張笑容實在不像是抱有自殺的念頭，隨身碟裡的遺書卻是悲痛萬分。表裡兩面大相逕庭，卻也因此十分鮮明，令人不忍直視。

「……妳是不是有什麼企圖？」

「你講得真難聽耶。你和我擔任同樣的職務，我只是想多了解一些你的事而已。」

「真的？」

「真的。還……還有呀，我想起先前和你說過一次話了。是在討論開襟衫對吧？」

「沒錯，是在聊開襟衫的顏色。」

那是她正好回到學校來上課的時候。

「你不穿上粉紅色的開襟衫嗎？」

飯山逗趣地笑著。開口如是說的她，今天也披著白色的開襟衫。

「如果是白色的，要我穿應該也行吧。」

由於都開始對話了，我無可奈何地——沒錯，就是無可奈何地——淺淺坐在附近的座位上。

飯山打開便當包巾的同時，歪過腦袋說：

「白色是我的個人信念，可不能讓給你。」

「個人信念？」

「表明『不會染上任何色彩』的意志，不屬於任何團體的宣言。」

是這樣嗎？我反倒以為，那象徵著「會染上任何色彩」的彈性。追根究柢——

「所謂『不屬於任何團體』，是指我這種人啦。」

「內村同學，你在人際關係上頭有什麼心靈創傷嗎？」

我的身子稍微僵住了。

「……看起來有嗎？」

飯山繞著手指，像是在回憶似的。

「總覺得很像那個……對了，乙一的小說裡出現的男孩子。」

「乙一嗎？妳似乎很喜歡。」

「咦？看起來像嗎？還是第一次有人這麼說我耶。雖然你答對了就是。」

糟糕——我在心中咂了個嘴，同時尋找藉口搪塞。

「假如是片柳同學就會很突兀，不過妳感覺有在看書嘛。」

「啊——嗯，那女孩的戀愛觀念是由少女漫畫堆砌而成的呢。」

飯山嘻嘻笑道。

「內村同學，感覺你也喜歡乙一呢。還有村上春樹之類的。」

「……妳怎麼會這麼想？」

「嗯——因為你總給人一股透明的感覺。」

「是嗎？」

這才是真的有人第一次這麼說我。

透明。

我搞不太懂。由這個詞彙所聯想出來的形象是美麗且積極正面的，和我不符。還是說，她指的是透明人？倘若是指毫無存在感，似乎會融入教室角落裡的黯淡陰影，那麼倒也相去不遠。

「嗯，你有透明的感覺。」

「是這樣嗎？」

「就是這樣呀。」

飯山臉上堆滿微笑。而後——

「你不吃嗎？」

她指著我手邊。我正要打開蓋子的時候就被飯山綁架過來，所以便當還拿在手上。便當盒的蓋子半開著，露出了紅色的東西，因此我臉色一沉。

「對了，內村同學。」

照理說飯山那兒應該看不見便當盒裡的內容物，可是她卻像是看穿了一切似地說：

「你討厭小番茄對吧？」

「妳怎麼知道？」

我的便當盒裡，今天也有那顆帶著鮮豔紅色的圓潤果實。

「因為你吃飯的時候，會露出一臉厭惡的表情。」

「什麼時候？」

「前陣子，七月一日。」

「……喔。」

是我撿到隨身碟的日子。那天飯山走進教室時，我確實吃小番茄吃到一半。

「所以，我認為今天便當盒裡也有放。」

飯山咧嘴一笑。

「我現在表情有那麼厭惡嗎？」

「有，你的表情感覺極度嫌惡。」

「我討厭它的口感啦。咀嚼聲好像人體爛掉一樣。」

「你有聽過嗎？」

我緘默不語。

「……抱歉，這不是用餐時該做的比喻。」

「沒關係啦，這個比喻我大概懂。」

飯山邊將自己便當盒裡的小番茄送進口中，邊這麼說。從表情看來，她似乎不討厭。

我們就這麼聊著不著邊際的事情，同時吃著便當。由於班表和場所分配尚未決定，到頭來我們根本無從討論起，不過姑且談了一下開放校園的事。飯山她果然還是一個接一個拋出話題，因此便當盒裡頭的東西消耗得很慢。

「內村同學，你假日都在做什麼呢？」

「不是睡覺就是看書或漫畫，不然就是打電動吧。」

「哇，徹頭徹尾地獨樂樂耶。你不會出門嗎？」

「頂多出去散步吧。我喜歡在下雨天沿著河川而行。」

「嗯哼。那麼，這個星期你的計畫是？」

我佯裝思索的模樣，以筷子切開煎蛋捲。這麼說來，週末有一部我有點期待的科幻電影要上映。故事是講述人類能夠以電力代替糧食生存的未來，而我初次看到宣傳片裡那些後腦杓長著插頭的好萊塢演員時，就很在意了。沒記錯的話，片名是——對了。

「可能會去看《生命插頭》吧。」

飯山的雙眼頓時熠熠生輝。

「咦，那部片我也有在留意！好想看！」

「咦？」

光是憑尚未上映的科幻片名便恍然大悟的傢伙，八成是相當喜歡電影的人。我完全沒料到飯山是這樣的人，而且我是抱著萬一她不清楚的時候，便簡單解釋一下大綱的打算才說出片名，不過看來她心裡有底。

「是角色頭上長出了像插頭一樣的東西那部對吧？我想看我想看我想看！」

飯山以閃耀無比的眼神看著我，但我視若無睹。

我不折不扣地忽略了她十秒，不過她還在看，我只好不情願地開口試探。

「……怎樣？」

「我也好想看耶！」

「不好意思，我抱持著電影就是要獨自欣賞的主義。」

「啊，真過分！你是故意忽視我對吧？」

我再度對她不理不睬，於是飯山嘆了口氣。

「你果然討厭我嗎？」

這次輪到我唉聲嘆氣了。

就算被討厭，覺得我冷冰冰的也無妨。即使如此，我也不想和她扯上關係——明明我內心是這麼想，嘴巴卻擅自動了起來。

「……就宣傳片看來，那部電影可是紮紮實實的科幻動作片，很難說得上適合女生——」

話說到一半的我，見到飯山的表情絲毫沒有改變，於是中途便噤聲不語。我又嘆了口氣，重新開口說：

「——妳也要來嗎？」

聽聞我心不甘情不願的邀約，這會兒飯山綻放了燦爛的笑容。

「可以嗎？太好了！」

高舉雙手大喊萬歲的飯山似乎真的很開心，我當真搞不清楚她腦中在想些什麼了。意圖自殺的人有辦法笑成這樣嗎？跟我說是逼真的演技還比較可信。

——搞不好她知道隨身碟在我手上。

2

不論我對著天花板的日光燈照明看多少次，標籤上都寫著不吉利的標題——自殺記憶。瞻寫著死亡的ＵＳＢ隨身碟。

飯山多半有發現到這東西在我手裡，所以她今天才會接近我吧。

不可思議的地方是，她並未確認我是否持有隨身碟。就算問了我也會撒謊，而且她也曉得沒有證據，所以認為白費工夫嗎？還是說她意圖就近監視知曉祕密的我，看我有沒有對別人洩漏出去呢？

我才不會做那種事啦——我在心中喃喃低語。

我不會那麼做。我絕對不會碰觸任何人的內心。像我這種不懂人心的傢伙，主觀認定溫柔的事物大多屬於偽善。偽善無法拯救別人。同情、包容、猜測——倘若只能以此種模糊的概念接觸別人，那麼打從一開始就當個局外人也毫無分別。

我深深明白自己無能為力的事情。

然而，我卻要和飯山去看電影。

「真是差勁透了。」

我低聲喃喃道。隨身碟像是在責備著我似的，散發著冷冽的白光。

*

我們約好的日子是七月七日。織女和牛郎想必感到很不滿，不過七夕那天的天空是我中意的陰雨天。我打開塑膠傘，暢快的雨聲便啪啦啪啦地在內側迴響著。我喜歡眺望在傘上彈飛滾落的雨滴，因此我隔著透明的雨傘仰望天空而行。雨天很棒，會讓我心情平靜。

我們約在車站前的咖啡廳等。相當早到的我點了一杯咖啡，坐在窗邊的櫃檯區，翻開看到一半的文庫書。還剩下大約七十頁左右，我判斷大概半小時就能看完了。現在是九點二十分，我們約好的時間是十點。就算飯山稍微提早抵達，我應該也能在恰恰好的時間看完它。

我不時啜飲著咖啡，同時讀著故事。這本書名叫《記憶之男》，是敘述一個失憶男子的故事。在開頭喪失了記憶的男子，過了一陣子之後便找回了記憶。然而，那份記憶卻總和周遭的反應兜不攏。男子感到苦惱，開始懷疑所擁有的記憶是否當真屬於自己。此事將直接為他帶來自我的崩壞——

這是一本翻譯版的科幻懸疑作品，文筆和內容都有些難以理解，不過架構紮實的故事是我喜歡的類型。我開始看的頁面，正好要來到最精采之處了，因此我立刻就被那個世界給吸引了進去。當我看完譯者解說抬起頭的時候，時針已經指向了十點十分。由於後半段文章的密度提升，而且我是細細咀嚼著意思在看，花的時間要比我想像中多。

我環顧店內，仍未看見飯山的身影。不曉得是因為下雨抑或是假日上午的關係，冷清的懷舊樓層裡，除了我之外僅有數名大人在，沒有看似高中生的年輕人蹤影。她是遲到了嗎？

總之，只要我在這兒等，她遲早會來吧。

我若無其事地翻著文庫書的頁面，再次從頭開始看。

——然而，無論過了二十或三十分鐘，飯山依然沒有現身。我明顯漸漸無法專心在書本上，每隔一分鐘便抬起頭來四處張望，可是卻找不到飯山。店門口裝有鈴鐺，就算不這麼做也能馬上知道有人進來，我的目光仍然到處游移。

她是怎麼了呢？

若是遲到就算了，但她不是個會放人鴿子的人。

我的腦中忽地竄過了討厭的想法。

——我要自殺尋死。

……難不成……

我闔起文庫書，做了個深呼吸。

鎮定下來，冷靜點啊。不會發生那種事的。我們今兒個約好了。在和人有約的日子裡，不可能做那種事。

明知如此，我卻靜不下心來。我不曉得她的聯絡方式。我基於某種理由並未持有手機，因此也不會收到她的聯繫。我再點了一杯咖啡試圖讓自己鎮靜下來，這次我加了牛奶和砂糖才喝。可是即使喝完它，飯山也沒有出現。

——結果我又在咖啡廳等了飯山兩個小時，但她到最後都沒有現身。在時針轉到第三圈之前我便離開了店裡，獨自回家去。我已經沒心情看電影了。回程我也並未抬頭看雨傘。

我在下個星期隨即知道了飯山並沒有自殺一事。星期一她一上學就來到我的位子，對我雙手合十說：

「抱歉！」

真稀奇，她居然沒有穿開襟衫耶——內心如是想的我，回答道：

「……抱歉什麼？」

我發出險峻的嗓音。連我自己也不清楚，這份情感出自於何方。儘管鬆了口氣，憤怒卻更甚其上。我們兩個約好了。而我依約前往等候之處，飯山卻沒有來。因為如此，我在那個地方白白浪費了將近三個小時。雖然並非完全浪費掉，但還是虛耗掉了。

我一直不想和飯山扯上關係，也跟她說我抱持著電影要獨自欣賞的主義。就一般來想，我的情感很矛盾。即使如此，我確實對飯山並未出現一事感到憤慨——換言之，便是對她的到來有所期待。

我口口聲聲說希望當個局外人，卻想和她有所牽扯。我的腦袋和內心互相矛盾著。

「星期六的事真的很對不起。」

飯山語帶顫抖。至此我明白她當真覺得很過意不去，但我還是嚥不下這口氣。矛盾的情感洶湧翻騰著。

「妳為什麼不來？我可是等了妳三個小時喔。」

抬起頭來的飯山，眼睛看起來稍微紅紅的。

「對不起，我忘了我們有約……」

我目瞪口呆。

忘掉了？

舉凡像是親人遭逢不幸、身體突然不舒服，或是有其他要事之類，我想像了幾個飯山的藉口，但當中沒有「忘了」這項。難道那個飯山是認真地爽約嗎？

「……這樣啊……那就……沒辦法了呢。」

我的聲音聽起來空虛得可怕。雖然也有錯愕，但我認為情緒已超越了那個層次。飯山低下了頭去。

「真的很抱歉。」

我看著她的髮旋，又沒來由地火大了起來。

假如要像這樣縮起身子道歉，那為什麼要忘掉呢？如果會忘記，那幹嘛做好這種約定呢？既然忘掉了，就表示這件事在飯山心目中不怎麼重要吧。我是對此感到生氣嗎？

我自己也不甚明白，是為何感到如此焦躁。明明我也對她做了很過分的事，卻對她非常火大。原本我就打算一個人看電影了。那天沒去看，只是我自己的關係。在意她是否自殺了而沒心情看，也是我個人的緣故。追根究柢，知道她有尋短念頭還裝作手上沒有隨身碟的我，根本沒資格擔心這種事。

即使全都知情，我仍然氣到不能自已。我好久沒對別人大動肝火了。明明只不過是毀約一次，原諒她就好了，但面對她我卻做不到——因此，我這麼對她說：

「那下個星期六呢？」

飯山抬起頭，整個人愣住了。面對這份不像她的遲鈍反應，我又焦躁難耐地繼續說了下去。

「下個星期六，妳是有空還沒有？」

「……有空。」

「那麼我們就約在同樣的時間地點。這次可別忘了喔。」

飯山依然呆愣愣的。

「上週我沒看成電影，所以這星期還要再去。既然是妳開口說想看的，那妳就有義務陪我去。」

我也覺得自己是在踐什麼東西，不過姑且合理才是。起頭的人是飯山，那麼要求她填補我心中這份悶悶不樂也無妨吧。

她茫然佇立了好一會兒，最後像是斷了線的人偶般不住點頭，而後幽幽地回到自己的位子去了。片柳她們不時偷瞄這裡，但我視若無睹，翻開了課本。

午休時間，我到了舊視聽教室去。這是因為，我想就算是飯山今天也不會過來吧。位於東棟角落的這個地方，是最為遠離午休喧囂之處，這份寂靜果然令人難以割捨。我嘴上說著要找新的去處，卻依然執著著這裡。

我打開便當盒一看，鮮紅的小番茄正在邊邊主張它的存在，使我渾身無力。而且今天還放了兩顆。是要當點綴呢，還是因為營養？我抱著「八成兩者皆是」的想法，決定趕快解決第一顆而把它夾起來。

我盡可能不去想像番茄在嘴裡噗嘰一聲爛掉，而後果汁四溢的詭異模樣，同時以臼齒咬碎它。之後我聽見了走廊上接近而來的腳步聲。我反射性地停止咀嚼，豎耳傾聽。腳步聲通過舊視聽教室後，似乎走上樓梯去了。在放下心來的同時，我確實對某件事情感到洩氣。

我是怎麼了呢？

我今天並未戴起耳機聽音樂。我並不是忘了，耳機確實放在口袋裡。然而我卻沒有拿出來聽，而是從方才就一直注意著外頭的動靜。留意著平時總是遮蔽的校內喧嚷。就連自己的咀嚼聲，也有所顧慮似地放低。

難不成我是在期待飯山的到來嗎？

回憶起早上的事情，這次換我對自己惱怒了。我的所作所為是在主動接近她。我是白痴不成？明明束手無策，卻任憑情感驅使對她發脾氣，最後還粗魯地叫人家週末出來——她心中是如何看待這樣的我呢？不行，無論怎麼試圖轉移注意力，我依然在意她、生她的氣，無法不去意識到她。這樣的自己，令我又焦慮了起來。

早知道不要撿那種東西就好了。

如果那天沒有在這裡遇見她就好了。

我迄今平穩的日常生活出現了裂痕。它現在也持續擴散著，意圖讓我的心出現更大的龜裂。裂縫紮紮實實地沿著原本就有的裂痕擴大。

今天的天空萬里無雲。七月澄澈的藍天實在太過耀眼，令我希望快點下雨。

＊

那星期飯山沒有來找我說話。「開放校園股長的討論」這個方便的藉口並未發生，我又再次獨占了漸趨平穩的舊視聽教室，但我依舊沒有戴耳機。我們倆之前明顯出現了一道鴻溝。那原本便是應該存在的。我和她是不同的人，身處的世界不一樣。然而，這星期我們卻約好了要一塊兒去看電影。

冷靜下來想想，我覺得星期一自己的憤怒還真是頗孩子氣。站在飯山的角度來看，或許她當真只是忘了也說不定。就如同她不甚了解我，坦白說我也不是那麼清楚她的事情。像我這種假日鮮少出門的人，和飯山那種時常有理由、有對象要找而出門的人，不能以相同標準衡量。假如要事很多，那麼容易忘掉也是天經地義的事情。

到了星期四，我的愧疚感不自覺地愈來愈強。星期五早上的時候，我便開始猶豫是否該主動向她攀談，這樣的自己又令我煩躁起來。明明丟著不管、別扯上關係比較好，可是一旦沒有交集卻又坐立不安。我對自己偽善的模樣打從心底感到厭惡。

午休時間我幾乎是下意識地前往舊視聽教室。那天，我是本週第一次戴起耳機吃午飯。我想稍微分散一下注意力。因此，一開始我連敲門聲都沒察覺。

叩叩叩——感覺好像聽見了小小的聲音。

我把耳機摘下來，於是又聽見了一次輕柔的敲門聲。

「請進。」

我反射性地回應後才摀住了嘴巴。我是在回答個什麼勁啊？

門扉緩緩開啟了。站在那兒的人是飯山。她今天也沒穿開襟衫。總覺得理由並非因為現在是夏天，或是很熱的關係。並未身穿白色開襟衫的她，似乎是在主張些什麼。而主張的對象八成、肯定、恐怕是我。

「……我可以進去嗎？」

我沒有權利趕她走。這個地方並非我的私有地，所以我僅是點了點頭。

飯山以一副和平時天差地遠的模樣靜悄悄地走了進來，坐在和我相隔兩個位置的座位上，再把自己的便當擱在桌上。而後她不時往我這兒偷瞄，一副欲言又止的樣子。我見狀嘆了口氣。

……這真的是嘆氣嗎？難道不是安心的吐氣嗎？

「那個啊……星期一的時候我說得有點過分了，抱歉。」

我如此開啟話題，飯山便倏地抬起臉龐來。

「不對！那是我不好。真的……真的很對不起。」

她深深對我低下頭，連馬尾都像是萎縮了似地垂下來。飯山做到這個地步，實在讓我覺得尷尬。

「不，我也有點……奇怪。這種事……不該氣成那樣。」

「不，我害你等了三個小時，你生氣是理所當然的。更何況，在那之後我也完全沒有聯絡你。」

「呃，我沒有手機，所以橫豎是聯繫不上的。我們彼此都無計可施啦。」

「不對，我……我自己明明曉得有可能會變成那樣，卻沒有告訴你我的聯絡方式。這完全是我的過失，對不起。」

感覺不管說什麼她都會道歉，我拚命地動著腦筋，試圖把話題從賠罪上拉開。

「飯山同學妳……那個……記性不好嗎？」

不知道她是怎麼理解我這番微妙地難以啟齒的話語，只見飯山也撇下了眉毛。

「該說是記性不好嗎……嗯，總之就是那種感覺。」

「真令人意外。總覺得妳……這個人很穩重。」

「沒那回事啦。」

飯山的聲音很小。

她似乎比我想像中要來得介意。搞不好是因為我超乎必要地大發雷霆所害的，讓我胸口一陣刺痛。這樣的心情，令我說出了這句話：

「……關於明天的事情，如果妳沒興致的話──」

飯山猛然抬起頭來。

「我會去！我一定會去！我會依照約好的時間前去！」

由於她以一副極力爭辯般的氣勢這麼說，我便舉起了雙手。

「好，我知道啦。我等妳。」

不知道她是在固執個什麼勁，她還真是個在奇怪的地方很頑固的人耶——儘管內心如是想，但見到飯山終於露出一點笑容，使我鬆了口氣。

我對這樣的自己感到錯愕。

＊

——居然是「長尾巴的」，開什麼玩笑。我們可是人類，既非機器人，也不是改造人或仿生人。餓了就吃麵包，渴了就喝水，為了獲得每天的糧食而工作，這就是人類。你們這些靠電力生存的傢伙根本不是人。我不承認你們是人類。

——梅森，你說得太過火了！諾亞他們可是救了我們耶。

——少囉嗦，妳給我閉嘴！聽好了，「長尾巴的」小兄弟。我承認你有人心，畢竟你搞不好原本是人類。可是啊，生物是會「自己求生存」的。「依靠外力苟活」的根本不是生物。你們是藉由電力還有其控制裝置存活的，那徹頭徹尾就不是身為生物的人類會有的生存方式。

——……或許吧。即使如此，對我們來說那個世界也是故鄉，是應當守護的家園。拜託你，梅森。請助我們一臂之力——

＊

「啊——真好看！」

一走出電影院，飯山便雀躍地大喊著。

「梅森這個角色很棒耶。他在心底鐵定承認諾亞是個人類對吧。雖然他到最後都絕口不提就是了。」

「是啊。真不愧是老字號的人氣演員，演技也很精湛。」

電影情節就如同大綱所述，是以電力當三餐的未來世界為舞台的科幻故事。只是，並非所有人類都裝設有進食用的「插頭」，有些普通人拒絕變成那樣。他們主張，唯有自己才是人類的原點。「原點」把裝有插頭的人類稱作「長尾巴的」而輕視，並否定他們的生存方式，認為那並不是人類。故事是以「原點」裡乖僻又頑固的梅森，以及「長尾巴的」年輕人諾亞為中心進行。

「諾亞還是個帥哥耶。啊——真是大飽眼福……」

飯山誇張地拍著肚子，那樣一來就是口福而不是眼福吧。

「飯山同學，科幻故事很對妳的胃口嗎？」

「嗯——與其說科幻，應該說這次的設定方面？似乎很有意思。」

她指著自己的馬尾說道。諾亞的插頭正好長在那一帶。

「用馬尾吃飯不曉得會是什麼樣的感覺呢？」

「不是馬尾，而是插頭。」

「午飯我也來用馬尾吃吃看好了。如何？」

如何個頭。妳是打算怎麼吃啊？見到飯山悠哉的模樣，我忍不住就會投以狐疑的目光。妳是這樣的人嗎？

「午飯妳想怎麼處理？」

恰好出現了一個容易岔開的話題，於是我開口詢問。

「嗯——我希望是馬尾容易吃的東西呢——啊，沒有啦沒有啦，我開玩笑的。你別露出那麼可怕的表情嘛。」

「飯山同學，我可是還在記恨妳讓我等了三個小時喔。」

我刻意咧嘴笑道，她的笑容便凍結了。

「那件事我真的由衷感到萬分抱歉……」

「很好。那麼，午餐妳要吃什麼？」

我們稍作討論後，決定在附近的速食店吃午餐。飯山說什麼要請我吃，我便告訴她「我已經不生氣了，別這樣」，確實自掏腰包付了自己的份。

我們的運氣很好，窗邊正好有兩個空位，於是我們面對面而坐。飯山好一陣子都不開動，就只是茫茫然地眺望著窗外移動的人潮。

「今天會不會下雨呢？」

我歪頭不解。

「妳講得簡直像是希望下雨一樣。」

「咦？是這樣嗎？或許是？」

「妳喜歡雨天嗎？」

我大口咬下漢堡。垃圾食物的味道，使我感覺到與健康相去甚遠的鹹味和油脂。

「嗯，我還挺喜歡雨的。我是不是有說過？」

「我認為喜歡乙一的人，似乎也會喜歡下雨。」

「嗯哼……原來如此。」

「順帶一提，我也喜歡下雨天。」

「這我前陣子聽過了。內村同學，你感覺像是個雨男嘛。」

「可以不要講得好像有我在才會快要下雨的樣子嗎？妳一開始所說的，也是要那樣挖苦我的意思嗎？」

「才不是啦。真是的，你很乖僻耶。」

我並不是個性乖僻，只是意外地有心情說笑罷了。看來，我比自己所料想的還要更滿意電影。

「氣象預報說降雨機率是百分之五十，所以我只是心想會不會下而已啦。」

飯山說。我也望向窗外。儘管天空多雲，不過真要說的話是個晴天。不但藍天有露臉，路上往來的行人還穿著很有夏季風格的服飾，享受著爽朗的氣候。可是仔細一瞧，也有頗多人帶傘。我今天沒有帶塑膠傘來。

「與其說雨水呀，我喜歡水窪。」

飯山低聲喃喃說道。我還以為那是自言自語便不理她，結果她狠瞪著我，要我別忽視她。

「水窪？」

「對。我從小就喜歡透過水窪俯瞰天空。還有，我也喜歡雨水的味道。」

「Petrichor——潮土油。」

飯山皺起了眉頭。

「……那是什麼？」

我聳了聳肩。

「妳去查查看吧。」

那沒什麼大不了的。老實說，我自己也不是那麼清楚。

「內村同學，你真是個怪胎耶。」

「妳現在才知道？」

「原來你有自覺呀？」

「我很清楚自己有許多不如妳的地方。」

我自認為是正經八百地述說，飯山卻皺起了臉來。

「我哪裡比你優秀啦？」

「整個待人接物方面。」

「那個呀，不是我比較優秀，而是你不肯認真去做罷了。」

「是這樣嗎？」

「就是這樣。」

飯山有些憤怒地點了點頭。

「我呀，很羨慕你呢。」

這次輪到我皺起臉龐了。

「如果妳是抱著顧慮我的意思，我可不需要。」

「我才不會用這種麻煩透頂的方式顧慮人啦。」

「妳羨慕我什麼呢？很妙的是，妳剛剛才說我是個怪胎。」

「就算很怪，我也欣羨呀。我就是羨慕你。」

我想說這句話好像在哪兒聽過，原來是《生命插頭》中諾亞所發的牢騷。他原本就對以插頭度日抱持著疑問，才會和「原點」有所接觸——卻遇到一名和他正好相反，對「長尾巴的」帶有憧憬的「原點」少女莉莉。莉莉對他說自己很羨慕插頭，於是他便這麼回道：

——我很羨慕妳喔。

——為什麼？我在「原點」裡可是被當成怪胎喔。

——就算很怪，我也欣羨啊。我就是羨慕妳。

莉莉他們正常地吃飯、勞動，體會著生命的感受，諾亞嚮往著「原點」此種生存方式。飯山是將他的低語，重疊在自己哪個部分之上了呢？

「妳羨慕我什麼地方？」

「你覺得呢？」

這張表情應該是初次得見，我不記得有在學校看過。面對這張難以形容，至少並非笑容的神色，我覺得好似在風中搖蕩的水窪一樣。

我答不上來，我當真不曉得。就是因為不明白這點，我這個人才沒救吧。我根本毫無成長。

「飯山同學，我有時候真搞不懂妳。」

我如此抱怨著，試圖蒙混過去。

「因為我是個充滿謎團的女人呀。」

飯山微笑道。這次她的笑容總令我覺得，好像開始下雨前的天空。

回程的路上，天空漸漸染上了深灰色，等我們回到當地時便開始下雨。還以為只是小雨所以不要緊，雨滴卻轉眼間變得大顆，下起了大雨。我們倆都沒帶傘，於是兩個人在車站不知所措地面對著傾盆大雨。

「內村同學，你也喜歡滂沱的雨勢嗎？」

「不。」

「我想也是。怎麼辦，要找個地方買傘嗎？」

「我認為這只是陣雨，等它停就不用買傘了。」

「有點冷，我們找個地方進去吧？」

「我們約好碰面的那家咖啡廳，應該能沿著屋頂過去吧。」

我們從東口離開，沿著巴士圓環的屋頂避雨，前往咖啡廳。

「呀啊——好大的雨勢。」

我們逃也似地進到店裡，飯山便像狗兒一樣甩了甩頭。馬尾前端飛濺出來的水珠，打在我的臉頰上。

點了兩杯咖啡的我們，依然坐在窗邊的位子上。我們呆呆眺望著有如瀑布般的大雨垂直流下，不發一語地喝著咖啡。

這是一段相當靜謐的時光。我漠然地思考著近在眼前又遠在天邊的少女的事情。那名在USB隨身碟裡頭，彷彿似曾相似、一心求死的少女。

「內村同學，你喜歡雨水的什麼地方呢？」

飯山說。感覺我們今天淨是在聊下雨相關的事。

「雨聲是所謂的白噪音喔。」

「白噪音？」

「簡單來說，就是據傳聽了會提升注意力或睡眠品質的聲音。」

我不是很清楚箇中道理，只是雨聲聽來確實舒暢。照我的理論，單純是因為沒有別的聲音，心情才會平靜下來。雨水會吸附其他聲音，將其封鎖在雨滴中，打到地面後便混在水珠綻開的聲響裡讓它悄悄溜走。

聽說將頻率比喻為光的時候，會把白色部分稱作白雜訊。雨水確實有白色的感覺。它會洗淨並重置各種事物。讓混雜了五顏六色的情感，從白色開始重新來過。

「從前我遇到一件非常討厭的事情時，外頭小雨下個不停。我毫不厭倦地一直眺望著它看。等到雨停的時候，心情就稍微舒暢一點了。」

雨勢止歇，太陽從雲層灑落的那一瞬間，被雨滴所濡濕的世界會一起反射陽光，令籠罩著白色光芒的城鎮現身。這樣的景色，當真只會在窗外蔓延片刻間。接著就和平時一樣，是個平凡無奇的晴朗日子。不過，那一剎那的風景我記得很清楚。

我聊得有點太多了——內心如是想的我啜飲了一口咖啡，意圖隱瞞過去。

「非常討厭的事情是指？」飯山說。

我聳了聳肩。我並不想對她說。

「就是非常討厭的事。」

「大概等於幾顆小番茄的份?」

我目不轉睛地直盯著飯山的臉龐瞧。這個想法究竟是打哪兒生出來的?不過這也令我深感興趣,於是我試著認真思索了一下。

「……這個嘛,差不多一千顆小番茄左右吧。」

「喔喔,那可真不妙呢。」

明明根本不是愉快的話題,我卻受了如此笑道的飯山影響,也微笑了起來。飯山可能是在安慰我。她並未深究,亦未隨口說著廉價的安撫,而是將我苦澀的記憶譬喻為小番茄的數量。她這樣的思考迴路,搞不好——不。

「原來如此,我覺得好像稍微了解你了。」

「是嗎?」

「嗯,你果然有透明的感覺。」

「我自認為是在聊雨水為白色的話題就是了。」

「是呀。可是,你本身與其說是白色,更像是透明的。」

飯山露出一副很懂似的表情，淺淺一笑。這麼述說的她，今天也穿著白色開襟衫。

「飯山同學，妳在假日也會穿白色開襟衫呢。」

「嗯？喔，白色就像是我的個人色彩嘛。」

「不屬於任何團體的證明？」

「那啥意思？」

飯山像是聽見了無趣笑話似地咯咯笑著，於是我皺起了眉頭來。

「那不是妳講的嗎？妳說自己不屬於任何團體。」

「是這樣嗎？」

「妳又忘記了？」

「又？」

我直愣愣地望著飯山。

她一臉茫然，感覺不像是在說笑。

「……不，沒事了。」

「是嗎？」

飯山稍稍歪過了頭，但我確切無疑地看見了她的雙眸略帶混濁。

這是怎樣？

我剛剛八成碰觸到某種核心了。

「啊，雨停了耶。」

飯山抬起視線說。

驟雨停歇，天空略微放晴了。雲朵在我們頭上以極其猛烈的速度流逝。雖然感覺馬上又要再下雨了，不過藍天有稍微露出了臉來。

「不曉得現在是不是個好機會？」

「也是，我們走吧。」

我們倆把剩下的咖啡灌進胃裡，而後離開位子。

來到外頭的瞬間，被雨滴淋濕的城鎮稍稍反射著光芒，展現出白色的光輝。先出來的飯山，她的白色開襟衫也在日光照耀下熠熠生輝。還有點濕的馬尾，看似也包覆著一層薄薄的光澤。

「今天謝謝妳。」

那個馬尾女孩轉過頭來，微笑著說道。

「不，這沒什麼。畢竟只是一塊兒觀賞而已嘛。」

我將雙手插進口袋回應。

「那很重要吧，電影就是應該要有一個述說感想的對象。雖然我也喜歡獨自細細品味就是。」

「我有同感。」

「感覺你只同意後半段耶。」

飯山苦笑道：「我們下次再去看別部片吧。」

再去。

妳不是想自殺尋死嗎？卻又說什麼「再去」。雖然並不是沒有再去一次電影院的可能性，可是就我的感覺來說，電影這種東西一個月看一次就綽綽有餘了。一個月後不曉得是否還活著的對象口中的「再去」，顯得極度空虛。就某種意義上，甚至很殘酷。儘管我絲毫沒有說這種話的資格就是。

她果然只是在監視我，以期自己能安然無恙地撒手人寰嗎？只是想將我留在目光可及之處，避免知曉祕密的我出手妨礙嗎？

還是說，她真的沒有發現隨身碟在我手上——不，這不可能。假如沒有隨身碟，飯山會企圖和我扯上關係的理由就如同她所言，只有「開放校園股長」了。可是，和委員會或社團這些穩固的社群團體相較之下，那種東西有跟沒有一樣。同為回家社成員的親近感都還比較強。除了隨身碟之外，飯山直佳果然沒有和我交朋友的動機。照理說是這樣才對。

「再見嘍。」

飯山踩著水窪疾馳而去。我則像是瞪視一般，凝望著她的背影良久。

＊

遺書

這是遺言。

我要自殺尋死。

我活得好累。

應該說，目前為止我是否有活過呢？

我搞不懂了。我長久以來都不明白，自己活著的今天是否真的是今天？自己記得的昨天是否真的是昨天？等待著我的明天是否真的是明天？我一直感到有落差。

我已精疲力盡了。

這不是別人害的。我只是形單影隻地擅自對自己感到絕望而決定尋死，並不是爸媽或朋友的過錯。是我自己的問題。一切都是我的責任。

我過世後的事情，就委由父母和老師處理了。請原諒不孝的我先走一步。

無論我反覆重看多少次，上頭都撰寫著明確的求死意志。

我關掉電腦的電源，抽出隨身碟放在桌上。

隨身碟裡的她果然看似意圖尋死，毫無轉圜餘地。

每次從隨身碟外側遠眺這樣的飯山，我都會憶起人在外頭的她。

飯山她會死掉嗎？

……應該會吧。

這點我有信心。儘管我對面相學不熟，不過我認為她顯現出死相。

活著的確累人，我也不擅長。只要生存就會疲倦，這點我也十分清楚。

然而，隨身碟裡的她想要表達的，應該不是這樣。並非那種司空見慣的疲勞。我知道自己無從了解那點。人很難理解別人，要體會其痛苦更是難上加難。這件事我非常不擅長。

飯山直佳應該去跟其他人交朋友才對，而不是找我。找一個並非局外人亦非偽善者的大善人，當真能夠拯救別人的英雄。

因此，我才會認為這東西要交還給她才對。

我自己也覺得「事到如今，你在講什麼理所當然的話啊」。我打從一開始就知道這點，卻因為自己的緣故並未歸還。這次又基於相同原因想還給她。理由差勁到無可救藥的地步。

可是，我和她已經有所來往了。

儘管只是區區兩個星期的程度，卻深交到莫可奈何的地步。

她是怎麼笑、她喜歡什麼、她在學校不曾展露出來的表情，以及和她交談時所體會到的舒暢感受——

我不希望繼續和她有所牽扯。

牽扯不得。

歸根究柢，我就是因為不想和她扯上關係，才決定當作沒有撿到隨身碟。然而，如果她發現東西在我手上，因此主動和我來往的話，那麼反倒是弄巧成拙了。

我不是一個應該和她有所聯繫的人。唯有這點，是徹頭徹尾絕對動搖不得的。早已搖擺不定的這個原則，得在這時重新上緊發條才行。

*

距離暑假已經來到讀秒階段的下一個星期，我偷偷把隨身碟放進口袋裡上學。飯山很平常地到學校來了。她一見到我，便悠哉地「呀喝——」一聲打招呼。我僅只於略略低頭回應。

關東地區恰好在那天宣告梅雨季結束。萬里晴空無庸置疑是屬於夏日的天候，而我則帶著煩躁的心情昂首仰望積雨雲。雲朵就是要在頭上才好，位於遠處也毫無意義。

上午期間上課的空檔我找不到機會，於是來到了午休時間。飯山她坐在自己的位子上，今天她似乎要和片柳她們一塊兒吃午餐。不論是要還給本人或悄悄放在桌子裡，片柳她們都很礙事。

我到舊視聽教室去，自個兒吃午飯。本應習以為常的寂靜和平穩，因為右口袋比平時沉重了些許之故，令我莫名地靜不下心來。

結果一直到放學後，機會都沒有到來。我打掃完回來一看，飯山並不在教室裡。我一度把隨身碟放在她的桌子裡脫手掉了，不過隨即又放回口袋裡。書包掛在飯山的座位上。我隱隱約約曉得她人會在哪兒。

我離開教室，往東棟角落前去。我無視於在空教室進行分組練習的吹奏樂社，以及留在教室裡談笑風生的學生們，逕自朝杳無人煙的校舍一角去。當我通過中央階梯前，穿過昏暗的走廊後，放學後完全沒入陰影中的東棟邊緣，便出現了舊視聽教室的影子。來到這裡就鮮少會和別人擦身而過，再加上老舊建築物特有的毛骨悚然氣氛益發增長，我也一心想盡快辦完事情，差點就加快了腳步。

——之所以會裹足不前，就只是因為我的直覺。

幽暗走廊的深處，舊視聽教室的門稍稍開著。奇妙的聲音從縫隙中傳了出來。

我仔細聆聽著。

好像桌椅彼此碰撞的匡啷聲，還有某人似乎很痛苦的——喘息聲。

我回想起「幽靈教室」這個別稱，背脊瞬間竄起一股寒意。實在是太愚蠢了。幽靈哪會發出聲音啊，一定是有人在教室裡。我走近一聽，發現是股頗大聲的噪音。看來是某人在裡頭恣意胡鬧。

我直覺飯山她在這兒，難道是我多心了嗎？不管裡面的人是誰，都最好別跟會在放學後的幽靈教室裡大鬧的人有任何瓜葛。

即使內心如是想，我仍然帶著若干好奇心及一抹不安，將眼睛湊上門縫瞧。而後，我對此感到——後悔萬分。

裡頭的人是飯山。

她趴在地上，劇烈嘔吐著。舊視聽教室裡飄出一股酸味，表示她已經反覆吐過了許多次。她的頭髮散了開來，凌亂的栗子色髮絲後方，看得見一臉蒼白的面容。她幾乎完全翻白眼了。飯山抓住椅子邊角的手一滑，椅子便順勢翻倒在地，發出了噪音。散亂在她四周的桌椅，似乎是走向了同樣的末路。

我忍不住別開了視線。

別涉入此事。

本能如此告知著我。她的樣子很明顯非比尋常。什麼良知或良心，那種東西都是其次。縱使並非那樣，我也不是個應該跟飯山有所關聯的人。你也差不多該收起偽善者的面貌，變回局外人啦——沒錯，我的的確確聽見了本能這麼告訴我。可是，我的手卻將教室的門扉給整個打開了。

「飯山！」

我直呼著她的姓氏，衝進教室裡去。酸味變得更加濃厚，滿溢在緊閉室內的異樣臭氣撲鼻而來。不過，更慘烈的是飯山的模樣。她的白色開襟衫沾滿嘔吐物，髮絲凌亂如麻，仰望著我的眼瞳朦朧不清。

我發現她的腳下掉落著一個似曾相似的東西。那是取出內容物之後的ＰＴＰ泡殼包裝，還有好幾顆白色藥錠掉在地上。我祈禱那並非毒藥，同時慎重地和飯山四目相望。

「飯山同學，妳沒事吧？」

氣喘吁吁的飯山，帶著茫然的眼眸盯著我瞧。她的雙眼並未對焦。

「……你是誰？」

第一句話便是如此。

我感到毛骨悚然。這份感覺，和我回憶起不愉快的往事時極為相似。

她不認得我？是腦中一片混亂，抑或是看不見呢？

「我是內村。和妳同班的內村秀。」

「內村？」

她以沙啞的嗓音重複了一次。我的身子為之一顫。

看來她遺忘我一事也造成了相當的打擊，不過更重要的是飯山的模樣非同小可。妳是誰？這是我該問的話。眼前的她究竟是何人？飯山直佳？隨身碟裡頭的少女？她完全不像是我認識的人，此事令我寒毛直豎。這太不尋常了。不行，我處理不來。

「飯山同學，我們到保健室去吧。」

語畢，當我抓住她手臂的瞬間，她便以極其強勁的力道抵抗。掙脫的時候，她的指甲順勢用力刮中我的手，刮到都流血了。她揮舞著的手直接打飛了附近的椅子，造成一陣巨響。

她的模樣，簡直像當真被幽靈給附身了一樣。

我怯怯地收回本來要再度伸出去的手。個頭比自己嬌小，平時總是見她笑臉迎人的模樣，和我一塊兒去看電影的少女，令我感到害怕。我不認識這種人。我根本沒聽說她會變成這樣。我好想立刻離開這裡，當作什麼也沒看到。我再也不想接近這間教室了。幽靈真的存在。往後我不會再瞧不起靈異節目和靈感了。所以——所以，拜託唯有現在……

離開她身邊吧。

——我很清楚祈禱不會應驗，因此那個瞬間，只是她心中的某種事物碰巧中斷。

狠瞪著我的飯山眨了眨眼。

儘管眼神仍模模糊糊，但我確實看見了她的意志。她的雙目有在對焦。

「……內村同學？」

飯山的唇瓣輕輕流瀉出我的名字，於是我當場癱坐了下來。相反的，飯山則是倏地站起身來。她放眼望向四周，看看自己的樣子，最後再次望向我這邊，睜大了雙眼。

「我做了什麼嗎！」

她以幾乎是要揪住我領口般的氣勢拉扯我的襯衫，我虛弱地將她的肩膀推回去。

「不要緊，我沒事。妳什麼也沒有對我做。」

「騙人……騙人，我……竟然會那樣……？」

「飯山同學，妳冷靜點。別擔心，妳沒有對我怎樣。」

「那……個……我……我……」

「我都說沒事了，不打緊。」

我掩藏著手上的傷，頻頻重複相同的話語。

我只說得出這句話。飯山也很清楚，事態非同小可吧。儘管我也很明白，卻依然只能反覆告訴她不打緊。這是為了將在此地發生的事情當成「那麼一回事」。直到飯山首肯為止，除了持續告訴她「沒事」之外別無他法。

飯山一直不肯點頭，她花了好長一段時間才鎮定下來。我甚至覺得她是否不會再展現笑容了，而對此感到恐懼。

我們從三個掃具櫃當中找到了乾巴巴的抹布和水桶，而後打掃了舊視聽教室。許久未曾清理的地板上累積著大量塵埃，擦拭嘔吐物時必然會沾上。飯山堅持要自己動手處理。無論任何人，都不希望讓別人清掃自己的嘔吐物，青春年華的少女或許就更不用說了。不過反正抹布有兩條，而我也頗喜歡灑掃，因此我規勸著不情不願的飯山，最後一起擦了地。

之後飯山脫下開襟衫，拭去裙子和襪子的髒汙，還洗了把臉。我將桌椅歸回原位，再把洗好的抹布拿去曬。由於沒有照到太陽，抹布應該暫時不會乾，但反正也不曉得下次會不會用到。

我把最後一張椅子推回原處時，找到了掉在地上的一顆藥錠。我還以為打掃的時候已經統統丟掉了，看來有的藥滾得頗遠。我撿起藥仔細端詳。它並沒有怪味，看似普通的白色圓形錠劑。

「你在做什麼？」

飯山回來了，於是我把藥錠給她看。

「妳……生病了嗎？」

這個剎那，我深深涉入了她的人生。

原本決定別再繼續和她有所牽扯的少女，為何我又再度試圖主動接近呢？我實在搞不懂了。

飯山初次現身於此處時，我感覺到她的登場有所矛盾。

不對。

現在在這個空間裡，矛盾的人是我。

儘管我非常矛盾，但——

「飯山同學，回答我。」

我筆直望著她的雙眼。

我不喜歡看人家的眼睛，縱然對象不是飯山亦同。

即使如此，如果是她的眼眸，我就能直直盯著瞧。

「……回答什麼？」

飯山左思右想之後決定要蒙混帶過吧，只見她又想浮現出虛偽的笑容——結果卻做不到。她抽搐的嘴角無論如何都上揚不起來，表情怎麼看都像在忍耐著某種情緒。

我一聲不吭地和她四目相望，最後她終於像是鬆懈下來似地吐了口氣。

「……知道了又怎麼樣？」

我回憶起方才的光景。我會怎麼做呢？對我而言，這根本束手無策。所以我們才會硬是將剛才的狀況當成沒事發生。可是就算這麼做，依然無法抹滅事情的存在。

「我沒辦法當作什麼也沒發生過。」

一路走來都佯裝自己渾然不覺的我，有資格這麼說嗎？我在心中不禁苦笑。

「有什麼關係，當作沒事就好了呀。」

以飯山而言，這番話的語氣強硬，口氣也很粗魯。我已經分辨不出這是不是她的本性了。不過——

「我覺得自己非得知情不可。」

「為何？這是為了什麼？你不是對我興趣缺缺嗎？」

「我有那麼說過嗎？」

「你總是顯現在態度上。」

嗯，沒錯。

我裝作對她沒有興趣的樣子——卻淨是在自己方便的時候興味盎然，而且她的一項祕密既已暴露出來了。

正因如此，我才有知曉一切的義務。如今我也不覺得能夠阻止她自殺。我並沒有自大地認為自己辦得到這種事。然而，我仍然有義務在身。面對她，我必須那麼做不可。

因為，我已經無可自拔地和飯山直佳建立關係了。

因此，我將手伸進口袋，拿出那玩意兒給她看。

泛著白光的小小ＵＳＢ隨身碟。

她的遺書。自殺記憶。

飯山並未感到吃驚。

而且也沒有說出「果然」或是「我早就知道了」這些話。

她僅是淡淡地微笑著。那張淺淺的笑容就像是小小的冰塊碎片一樣，感覺甚至會被枝枒間灑落的陽光融化掉。

我的腦袋壞掉了——她說。

「我想不起過去的事情。」

「是失憶？」

對想不起事情的她問這種問題，也不會曉得到底是不是失憶吧——我內心如是想，不過飯山卻斬釘截鐵地搖了搖頭。

「有點不太一樣。『基本上』不是一直想不起來，而是『偶爾』。」

我瞬間想到了一個病名。那種病多半發生在長者身上，至少我不知道有高中生罹患過。但倘若有可能的話……

「阿茲海默症？」

飯山露出無力的微笑，搖頭否定。

「阿茲海默型的失智症，症狀是『記不住東西』，但我是『想不起來』。記憶本身存在，『寫入』的功能完全沒問題；可是回憶自己理當記得的事情，那個『讀取』功能不太靈光。」

在人類的腦中，負責掌管記憶的部位有兩處，它們分別叫作海馬迴及大腦皮質。海馬迴這個領域，是負責保存一般被稱為短期記憶的暫時記憶。近期的記憶會留存於此，但由於海馬迴的容量很小，陳舊的記憶會被每天陸陸續續湧入的嶄新記憶趕出去，最後消失掉。然而，記憶一旦從海馬迴移動到大腦皮質後，由於後者容量很大，不會發生這種汰舊換新的狀況，就結果而言會被長期保存下來。

儲存記憶的海馬迴及大腦皮質，換句話說就像電腦檔案。在回想之際腦袋會進行搜尋，看看什麼記憶放在哪裡。倘若這個行為不順利，就會產生「想不起來」的現象。一旦海馬迴和大腦皮質已經沒有了記憶，就表示「忘掉了」。要是根本沒有寫入，自然也不會有檔案存在。所謂的阿茲海默症便屬於此類。

「我會有猝然發病的狀況。」

飯山低聲呢喃。

「因為很害怕，我也沒有詢問詳情，但據說是我的腦袋有個會作怪的物質，是它在胡鬧。如此一來，就無法順利聯繫海馬迴和大腦皮質，造成記憶搜尋失敗。有些記憶叫得出來，也偶爾會有找到錯誤記憶的時候……不過大部分情況是根本叫不出記憶，所以回憶不起來的樣子。」

我立刻想到了幾件事。

她並未擦去黑板上的名字。

看電影的約定被她徹底拋到九霄雲外。

關於白色開襟衫的話題，她遺忘了兩次。

還有先前不認得我。

可是——不僅如此。

「妳說『基本上』不是一直想不起來……那麼，也有『例外地』永遠記不起來的事情嗎？」

「你真是敏銳。沒錯，偶有記憶在發病之後也想不起來。這好像會發生在病狀猝發和某種大受打擊的事情重疊的時候。不曉得是記憶整個消失無蹤，又或是收在無從回憶起的腦中深處，就連醫生也說的不是很清楚。總之，幾乎就跟失憶一樣。」

我呀，從前似乎有企圖自殺過呢——飯山自言自語般說道。

講得一副事不關己的樣子。

語氣非常平淡，簡直像是在聊天氣似的。

而後，她拉下左腳的襪子給我看。那兒有著血淋淋的傷痕。扭曲的皮膚凹凸不平，還有縫合的痕跡。傷口雖然治好了，可是傷疤一輩子都不會消失吧。

「當我醒來後人就在醫院裡，手術也都完成了。」

實際上，對她而言是別人的事吧。畢竟她說自己記不得那件事。

「那是因為……苦惱於腦部障礙嗎？」

「不曉得。那陣子的事我一丁點都想不起來。包含那時的校園生活、周遭的人們、自己的心情，統統都是。我自殺失敗後，頭部和雙腳受到重創。雖然腳治好了，腦子卻留下了障礙。這麼一想，腦部問題是之後才發生的，所以我覺得不是。」

我不發一語地聽她說。飯山像是回憶起來似的，把話題拉了回來。

「——看電影那件事我真的很抱歉。我有確實將約定內容抄起來，並貼在家門之類的地方，即使遺忘也會到約好的地點，可是那天我出門之後就發病了。我記得我們倆有約，卻無法順利記起要在哪兒碰頭。」

我也在其他地方痴痴空等了一場，很氣你沒有出現呢。像個傻瓜一樣對吧——飯山紅著眼角自嘲道。

「我自己不會曉得並未回想起來，就算記起錯的事情也不會察覺，所以發病也沒有自覺。當症狀舒緩後我才發現到，進而大吃一驚。」

我有個單純的疑問。既然她的狀況如此，為何會很平常地來上學呢？

「到學校來妳不怕嗎？」

「怕呀。實際上我很害怕，所以一年級第一學期整個都請假了。」

飯山笑道。

「畢竟我不知道自己的記憶是否真的正確嘛。假如稍有差錯，就會導致人際關係崩潰。因此，我想盡可能扮演一個如此冒失也會被原諒的人。還有，就是不要太過深入別人的生活……」

不屬於任何團體──她曾經如此評論自己。人際關係。社團活動及委員會這些社群團體。即使有所瓜葛，也不會深入。為了主張這點，才穿著白色開襟衫。她看似隸屬於開襟衫組，但總是和花枝招展的片柳她們有些不同。明明身在人群中，卻莫名像是在遠處觀望似的，令人隱約有種異樣感。

飯山不論做什麼都面面俱到，永遠笑臉迎人，生性認真且討人喜歡。就算偶有遺忘或失敗，只要不是很嚴重都會被原諒，這便是她的人望。如果平日素行良好，確實或多或少能讓人睜一隻眼閉一隻眼。就連我也覺得，教室裡的她是個極其優秀的人。不管過去或現在都這麼想。

「雖然我覺得用不著硬逼自己去上學，可是畢竟人生苦短，所以我至少想體驗一下寶貴的青春時光。」

飯山裝模作樣地聳了聳肩。

「那並不會縮短妳的壽命吧……？」

我開口詢問，不過總覺得早已知道答案了。

「據說我發病的週期會愈來愈短，現在似乎已經很頻繁了。而醫生說當我成年時，會演變成隨時都在發病的狀態。海馬迴和大腦皮質會徹底失去功能，大腦其他各個部位也會逐漸受損。」

我頓失話語。

我們每個人，都在等著總有一天必定到來的死亡。

我們盼望著，那會在遙遠的未來平靜地造訪。

就連我也在緩緩等候這樣的日子。所謂的生存，便是如何度過靜謐的死亡來臨前這段漫長的時間。

然而，她卻不是這樣。

她的未來已經確定了。縱然能夠活到一百歲，她的腦袋將會在數年後沒入黑暗中，往後的人生不會再次見到「光明」。而她既已一隻腳踏進了那個沒有記憶可言的漆黑世界。如果什麼都想不起來，那麼就和什麼也記不得一樣。她很清楚自己會在幾年後成為一具人偶，不斷重複著無意義的輸入行為。

那是多麼——絕望的未來啊。

我不曉得自己該用什麼表情望向飯山的雙眼。

「……難道……無計可施嗎？」

「有克制發病的藥喔。強制性地壓抑那個作怪的物質。」

飯山從包包裡拿出來的，是那個白色藥錠。

「不過它的抗藥性會愈來愈強，導致我的服用量增加。而且不但副作用很難受，味道也很糟糕，所以我超討厭它的。但是多虧了它，我過著頗為正常的青春時光喔。」

「副作用是指……像剛才那樣嗎？」

「剛才我也有發病，所以我自己也不太清楚是哪個環節的問題啦。既然物質會在腦中作亂，表示也會對身體造成影響，因此嘔吐或許單純是生理反應，也可能是副作用。總之，我偶爾會變得那麼悽慘。我的祕密大概就是這樣吧。我全都告訴你嘍。」

「……還有。」

我像是延宕著某件事情，又彷彿拚命懇求似地擠出了不帶感情的聲音。

「還有什麼嗎？」

「妳為什麼帶著那麼多隨身碟？」

「喔……那個呀。」

飯山指著教室一角說：

「內村同學，你知道嗎？那台電腦還可以用喔。」

我望向飯山所指之處。那是一台放置在舊視聽教室裡的陳年桌電。我知道音響設備還能用，但從未試過使用電腦。

「那些隨身碟呀，存放了形形色色的檔案，裡頭都是一些不能忘掉的事。像是班上誰是我的朋友、我和誰沒有說過話、誰在和誰交往、誰和誰隸屬於哪個社團、誰和誰的感情不好……諸如此類的一切事情。『為了讓我記得』這點很重要自不用說，不過有一半大概是基於興趣使然吧。因為我喜歡統整檔案嘛。每一顆隨身碟裡，都彷如存放了那個人的記憶一樣。」

雖然很浪費容量，但我總覺得不想混在一起呢——飯山笑道。

「一開始我是寫在紙上，可是因為人際關係的變動很頻繁，還是利用數位檔案來管理比較輕鬆。非常重要的事情我還是會寫成便條紙隨身攜帶，但沒辦法全部寫下來，因此我偶爾會利用下課時間來到這兒，開啟那台電腦確認檔案，看看和我的記憶有沒有出入。發病會是某種程度上的週期性循環，所以我料想得到。不過，倘若記憶有誤，幾乎就能夠確定我又發病了，屆時我就會去吃藥。先前我是利用電腦教室，可是最後吃藥的時候還是得跑到四下無人的地方……近來我覺得這裡很方便，就改成這間教室了。我從未在午休的時候來過，因此很少和你碰頭。這些就是全部了吧？」

「還沒有……」

我尋找著。對了，有那件事。

「七月的端粒是什麼？」

隨身碟裡頭那個上鎖的資料夾，確實取了這個名字。

所謂的端粒，是指位於染色體末端那個帽蓋般的結構。其詳情尚未明朗，不過年輕人會比較長，年紀愈大會愈短。當端粒縮短到極限後，那個細胞就再也無法進行分裂，即意味著它死去了。端粒的長度，就顯示出了壽命的長度。

七月的壽命——這個名字是帶有何種意圖所取的呢？

「不曉得。那好像也和我第一次自殺有所關連，但我想不起密碼。我只依稀記得似乎和音階有關就是。」

飯山泰然自若地回答。

「其他還有什麼問題嗎？」

我死命地尋覓著。

尋覓某個將結論往後延的辦法。

尋覓爭取時間，設法突破這個僵局的辦法。

……沒有。

我想不出來。

面對無言以對的我，飯山以纖細的食指緩緩劃過我掌心裡的隨身碟。

「這個呀，我知道它在你手裡。」

不過沒證據就是了——如此補充的她，並沒有拿起來的意思。

「我想說你既然沒有歸還，那麼大概是看了裡頭的東西吧。我反覆思量著該如何是好，決定還是先找你聊聊，結果你意外地若無其事，嚇了我一跳。」

抽到開放校園股長那天的放學後……我只是佯裝平靜，避免被注意到或東窗事發罷了。僅僅為了不和飯山深交，而做表面工夫來應付。我根本就沒有若無其事。

「我抱持著『暫且觀察一下狀況』的念頭試著接近你。既然隨身碟被你看到了，不曉得你會不會跟別人透露或跑來說服我。所以我在想，有空檔的話就要拿回來，或是乾脆反過來抓住你的小辮子。」

喔，這個理由我可以理解。這相當合理並富有邏輯，而且充滿效率。如果話題就此結束，就我個人而言，心情也會比較輕鬆。

然而，飯山的話語並未中斷。

「可是呀——我發現那東西不在手上，自己會較為快活。」

飯山的嗓音聽來有些雀躍。

「明明是一顆那麼小的隨身碟，拿在手上卻沉甸甸的。明明是我自己製作並隨身攜帶的，但其實我並不想帶著它。不過，我曉得只有自己拿著這條路可走。這是因為，如此沉重的東西，根本不可能有人在知道內容物的情形下還願意持有它嘛。」

可是，內村同學你卻一直將它帶在身邊。

並未對任何人提及。

我也清楚你並沒有丟掉喔。

我隨即知道你是個不會丟棄它的人了。畢竟你連最討厭的小番茄都吃了，絕對不讓它剩下來。由於你莫名地一板一眼，我才能堅信你鐵定沒有拋棄它。

「在你拿著它的這段期間，我很認真在煩惱是否要尋短。」

我不禁抬起了頭來。

飯山面帶微笑。我認為那並不是裝出來的。

「我就是在說你這點很透明。白色的我其實會被其他任何顏色所染上，可是透明的你卻是當真不會遭到浸染。我覺得這種地方很美耶。」

搞不懂。

我不明白。

我全盤無法理解飯山在說些什麼。

我明明沒有任何一件事，是基於自我意志為了她好所做的。即使她逕自感到佩服，或是告訴我內心快活，我也全然——全然無法釋懷。

「不過，你知道了我另一項祕密，所以就此結束了。我果然還是只能保持不隸屬任何團體的白色。」

「飯山同學，我……」

我——什麼？

飯山稍待了一會兒，等我把講一半的話說下去。因此，或許這個當下我能夠改變些什麼也說不定。

然而，結果我卻找不到正確的話語來述說。飯山輕輕地從我手中拿走隨身碟。

「各方面都謝謝你嘍。」

飯山笑著——直到最後都掛著笑容，從我面前離去。彷彿過去那樣。

＊

隔天之後，飯山不再來找我攀談了。原本我倆之間的關係，就是不怎麼會開口說話的同學，一直到短短數週前都是。只不過是她回到光芒裡，而我再次落入班上的影子中罷了。

不過，飯山只是表面上看似恢復原樣，她其實根本不在光芒裡頭。和片柳等人有說有笑的她，臉上所掛的笑容並非發自內心。班上知道此事的，就只有我和她本人。這份事實令人非常落寞，也極為空虛。

暑假馬上就要到來了。

夏天過後就是秋天。

秋天來臨後，冬天便會造訪。而後會循環到春天和下一個夏天。

季節便是如此流轉。人類在這段攔也攔不住的時間洪流中，總有一天會駕鶴西歸。

飯山直佳亦然。

這些未來皆會平等地來訪，無從扭轉起。人類終有一日必定會撒手人寰。

然而，關於她的腦部問題卻並不平等。那是個只會降臨到她身上的惡毒未來。

我既非魔法師也不是醫生，對她的腦功能障礙束手無策。真正的醫生都宣判她的末路了，憑我這種貨色根本一籌莫展。

可是，我為什麼會在思索呢？

思考著自己有沒有什麼能做的，能不能為她做些什麼。

她的症狀，鐵定有許多更有力量、更卓越、立場更崇高的人們參與其中了。縱使並非如此，飯山也還有父母朋友，很多人都遠比我更能助她一臂之力。然而事到如今，我這種人究竟又能為她做什麼呢？

沒有。

我徹底無能為力。

就和過去的我一樣，心餘力絀到莫可奈何的地步。

我看向今天也在認真上課的飯山。現在上的是數學課，聽了也肯定沒意義。就算記得公式，或許也會想不起來。儘管如此，她仍然用心將板書抄在筆記上。

她不再和我有所牽扯了。和她不相往來是我的願望，我當初的目的達到了。如此一來就算飯山直佳過世，我也能在毫無芥蒂的情況下目送她離去——

我低頭望著自己的筆記。

——你白痴是不是？

上頭這麼寫著。

我認為的確是這樣沒錯。

那天晚上我作了個夢。夢境極為陳腐，像個蠢蛋一樣。

我夢見了二十歲的飯山。

我們倆在成人式碰面。夢中的她，有辦法確實回想起記憶。高中時的我她也記得一清二楚，還笑道「真令人懷念呢」。身穿長袖和服的她變得成熟又美麗，我則是冷冰冰地說了句「我忘了」而後別開目光。不過我其實記得一切，並且很高興她也一樣。

在夢中的世界裡腦功能障礙完全不存在，飯山反倒是能完美地回憶起各種事物。就連我忘得一乾二淨的瑣事或怪事，她都會一一回想起並出言指摘，讓我傷透腦筋。感到不是滋味的我露出鬧彆扭的表情後，不知為何她卻開心地笑了。

我醒來之後發現這是一場夢，便翻了個身。我就這麼緊閉雙眼好一陣子，等待意識落入夢鄉中，可是腦袋卻整個清醒過來了。一思及方才的夢境，我就會回想起現實。

我嘆了口氣，坐起身子來。

時針指著深夜兩點的位置。今天是七月二十日，第一學期最後一天。

我拉開窗簾，外頭稍微下著小雨。有如絲線般的綿綿細雨陸續打在窗戶後彈開，而後水滴便連接了起來，像是河川流淌在玻璃窗上。

我打開窗戶，涼爽的風便吹了進來。我的身體感到一陣寒意，這才注意到自己睡得滿身大汗。儘管內容是個好夢，依據解釋的角度不同，那或許算是個惡夢。

——別跟她扯上關係不就得了？

某人在我腦中說道。

——這是你的期望吧？這只是恢復原狀，回到那個平穩、孤獨又寧靜的日子罷了。

「我回不去了啊。」

我喃喃低語。就是因為回不去，所以才會感到煎熬。雨水打中了我的臉龐。它沿著臉頰流下，從下巴輕輕滴落。

就這麼被她躲著自己而進入暑假期間，等到第二學期再次回到學校的時候，也不曉得飯山是否會出現在那兒。她搞不好會在這個夏天身亡。

和別人打交道，就像是踏入泥沼裡一樣。一旦雙腳陷進去了，就再也無法抽離。一度建立起關係而聯繫的絲線，即使對方往生也不會消失。哪怕是人走了、線斷了，每當我凝望線頭的時候還是會回想起對方。雖然我不曉得死去的人心裡是怎麼想的。

我原本以為，我和飯山直佳之間並未相繫。因此我才會想把隨身碟交還給她，在絲線繫上之前和她斷絕往來。然而，在舊視聽教室的那件事，讓我體認到那是個錯誤。連結我倆的絲線就彷彿下個不停的雨勢似的，既纖細又柔弱，或許只要有意斬斷便可以甩掉。可是，即使如此絲線也不會消失。我明白到了，它是絕對不可能會再次消逝的。我一輩子也忘不了她。

內村秀這個人很冷酷，又任性妄為到極點，毫無慈悲心腸可言。

我徹底清楚，自己根本幫不上任何忙。

但儘管如此，我也——

*

七月二十日學校舉辦了結業典禮。這是第一學期的結束，亦為暑假的開始。為解放感所喧騰的教室裡，飯山也很開心地在和同學討論暑期預定計畫。

飯山人在片柳她們這些開襟衫組裡頭，我忽地用力抓住了她的手臂。片柳她們自然露出了驚訝的表情，不過飯山的神色卻更甚其上，感覺挺妙的。

「飯山同學，我們到幽靈教室去吧。」

飯山感到驚慌失措。

「為什麼？」

「我們要討論開放校園股長的事情啊。」

聽聞我笑吟吟地說道，飯山啞口無言。

我迅速地將她帶到舊視聽教室去。飯山之所以並未做出像樣的抵抗，可能是過去她以相同手法帶走我一事，令她覺得有點愧疚吧。幸好她給了我這個以牙還牙的機會，不然今天我可能沒辦法把她從片柳等人身邊拉出來。

「……我之後和人家有約耶。」

「馬上就好。」

我簡短地回答，之後詢問飯山「可以借我上次那顆自殺隨身碟嗎」。

儘管內心納悶，飯山依然摸索著包包將它遞了出來。我收下東西後——就這麼收進了自己的口袋裡。飯山蹙起柳眉，以帶有詢問意義的視線望著我。

「妳應該還沒把裡面的檔案刪掉吧？」

飯山默默地點了點頭。

「我要先跟妳道個歉。我並不打算把這個還妳。」

飯山慌張的神情，摻雜了困惑的情緒。

她並不是個笨蛋。

應該聽得懂接下來我所要表達的意思。

「我想要永遠帶著它。」

飯山愣住了一瞬間，而後杏眼圓睜，直勾勾地死命盯著我瞧。簡直就像是要穿過我的頭蓋骨，窺視腦袋裡頭似的。

那天飯山說了。

——我發現那東西不在手上，自己會較為快活。

我昨天花了一整晚在思考，持有那顆隨身碟的意義。以我夜不成眠的腦子，聽著雨聲的同時細思慢想。

——明明是一顆那麼小的隨身碟，拿在手上卻沉甸甸的。明明是我自己製作並隨身攜帶的，但其實我並不想帶著它。不過，我曉得只有自己拿著這條路可走。這是因為，如此沉重的東西，根本不可能有人在知道內容物的情形下還願意持有它嘛。

「沉重」這個說法並非比喻。實際上，知曉那顆隨身碟的內容物，就等同於背負起此等沉重的負擔。大部分的人都無法徹底承擔。因此不是會去跟別人說，就是試圖阻止飯山本人。

——可是，內村同學你卻一直將它帶在身邊。

——並未對任何人提及。

我之所以會那麼做，單單只是考量到自己罷了。可是如果對飯山而言，那麼做正合她意且令她身心舒暢的話，那鐵定是因為我倆很相像。

——我也清楚你並沒有丟掉喔。

——我隨即知道你是個不會丟棄它的人了。畢竟你連最討厭的小番茄都吃了，絕對不讓它剩下來。由於你莫名地一板一眼，我才能堅信你鐵定沒有拋棄它。

飯山擅自想像著我的狀況並深信不疑。這些推測會幾乎正確無誤，是由於我倆極為相似，或是她心中清楚我們兩個很像。縱使並未討論彼此的事情，交談的話語及時間也很短暫，但我們互相有某種程度上的了解。

我們兩個之間的絲線，八成從初次見面後就一直存在，從未斷掉過。那根絲線，就像雨水一般纖細透明。

承認這點時，我便發現原以為對她的自殺無能為力的自己，也有辦得到的事情。

——在你拿著它的這段期間，我很認真在煩惱是否要尋短。

「這句話可是妳說的。因此，只要東西還在我手上，妳就應該繼續煩惱是否要走上絕路。」

認真煩惱是否要走上絕路。

換言之即為認真煩惱是否要活下去。

更進一步地說，便是面對生命。

飯山直佳對生命的態度太草率了。她對有朝一日會遭到掩埋的未來感到絕望，企圖拋棄所有的可能性。

在那些可能性當中，原本就不包含了「痊癒」這個奇蹟，而我也不覺得那種事情辦得到。

我這個人極其我行我素。因此這也全都是我個人的任性。

「我不想看到妳死。非常不願意。」

到頭來，就是這麼回事。

我不願見到飯山殞命。

我不希望飯山直佳撒手人寰。

這種事情打從一開始就一直是理所當然的。我根本就不希望她走上絕路。然而，我卻不認為自己阻止得了她尋死。這是因為，我十分清楚自己無計可施。當我和她有所深交後，她卻依然自殺的時候，被留下來的我會陷入多麼悽慘且悲痛的心情呢——我僅僅是為了想避免這點，而拒絕和她有密切往來。就算她過世了，只要當個局外人，自己就不會受到傷害了。

可是，我卻無法置身事外。我已經和飯山直佳有所聯繫了。我肯定是個無可救藥的偽善者，蠢笨如牛吧。即使如此，我也無法袖手旁觀。因此，我決定成為一個偽善者。

事實上，當個偽善者正合我意。

我會為了飯山繼續保有這顆隨身碟。只要東西還在我手上，我就會以她所說過的話當作人質，強迫她持續正視生命。

我要束縛住她的性命。這個做法極其偽善。

「……你的做法太詐了啦。」

飯山咬住下唇。

「那是我的，還給我。」

「不要。」

「小偷。」

「隨便妳怎麼說。」

「我要跟老師告狀，說你偷了我的東西。」

「那麼一來，我就會向老師舉報裡頭的資料。」

「這是人質的意思嗎？」

「彼此彼此。」

飯山狠瞪著我。

「內村同學，我以為你不是那種人。」

「真抱歉喔，因為某某人的關係，我早就做出許多不符自己個性的事情了。」

「怪我嗎？不對，你原本就壞心眼又雞婆。」

「我知道自己很任性妄為。我從一開始就對妳不公平，但這點妳也一樣吧？」

「因為我隱瞞了腦部的事情？如果你要這麼說的話，我們兩個本來就不公平了。你很健康，可是我卻有所殘缺，根本毫無任何平等之處可言。」

「沒錯，我們並不平等。正因如此，我們才應該共享它。」

「共享？你的意思是要替我承擔痛苦嗎？這哪辦得到呀，別說傻話了。」

「的確，我無法一肩扛下妳的缺憾。但是，我能夠對自己訂定相同的條件。」

「條件……？」

飯山歪頭不解。

「很簡單。」

我微笑以告：

「飯山直佳，當妳死去的那一刻，我也會跟上。」

飯山啞口無言。這是今天第二次了。

「相對的，假使妳不願意，就給我繼續活下去啊。除了和我殉情之外，我不許妳自殺。」

我這番話的意思，並不是要以自己的性命為擔保，買下她的命。那種東西根本是無效的契約。我不保證她活下去會產生什麼利益。我很清楚，活著對她來說只是痛苦。繼續活著對她本人很吃虧，但是對我有益處。因此這是單純的要脅。我為了自己，拿我的命當作人質威脅著她。

「好可怕。你的眼神是認真的耶，內村同學。」

飯山喃喃說道。

「因為我是認真的啊。」

「內村同學，你是笨蛋嗎？」

「真教人意外，我可是很聰明的人喔。」

「你居然自己說喔？你有自覺到，自己說出了很蠢的話嗎？」

「倒也不是沒有。可是我這個人在頭腦聰明的同時，也非常恣意妄為。我絕對無法忍受自己討厭的事情。因此，若是為了防止它，我會不擇手段。」

「你果然是個笨蛋。」

飯山掛著一臉不曉得是否該笑的表情笑了。

「你就這麼喜歡我嗎？」

「先聲明，我對妳可沒有戀愛情感。」

「話別說得這麼白嘛，這樣我也是會受傷的。」

「飯山同學，妳其實也並不喜歡我吧？」

「嗯，你不是我中意的類型呢。雖然長相不差就是。」

「拜託別把話講得這麼白，我會受傷。」

「你不要用一臉安然無恙的神情講啦，會害我笑出來。」

「那就笑吧。傻笑的模樣比較適合妳。」

「你是在損我吧。」

「我是在稱讚妳喔。」

「笨蛋，笨——蛋。」

飯山哭了。我明明就叫她笑啊。

我大概是腦子有問題吧。我所說的話八成錯到離譜的地步。如果當真是聰明人，應該能更巧妙地說服飯山，令她回心轉意。能夠在不惹哭她的狀況下，讓她綻放笑顏。

其實我知道自己很蠢。儘管如此，笨蛋依然用自己的方式思索了能力所及之事。這便是我的全力。儘管無法對別人伸出任何援手，依然竭盡心思想做點什麼的成果。

「讓我問一個問題就好。」

飯山以細若蚊蚋的嗓音說道。

「我死掉會讓你覺得有多討厭？」

「非常討厭。」

別看我這樣，我自認已經是很努力在回答了。可是飯山卻不滿意。

「用小番茄來算呢？」

我回想起某天和飯山的對話，露出一臉難色。

——非常討厭的事情是指？

——就是非常討厭的事。

——大概等於幾顆小番茄的份？

「……一千顆。」

我望向飯山的雙眼答覆她。

「妳死掉，會讓我有一千顆小番茄這麼討厭的感覺。」

這樣她就能明白了。

在這個世上，唯有她知道一千顆小番茄對我代表的意義。

飯山一語不發地面露微笑。

我隱隱約約覺得，那張笑容既像是平常的她，又有種說不上來的差異。

窗外開始下起了雨。那是我所喜歡的，有如細絲一般的小雨。

「……你可別把隨身碟弄丟嘍。」

飯山輕聲說道。雖然聽來像是自言自語，不過我確切無疑地同意了。

「放心，我有確實帶著它。」

飯山緩緩地頷首回應。

3

進入暑假後，飯山說想要去旅行。

「我從來沒有在學校活動的時候到外頭去過。」

她這麼說。

我們倆一如往常地坐鎮在站前咖啡廳的窗邊，啜飲著不加砂糖與牛奶的黑咖啡，待了將近兩個小時。就店家的角度來看，我們想必是煩人的顧客，於是我瞪視著空空如也的咖啡杯，思索要不要點第二杯的同時回答她：

「因為妳怕發病嗎？」

學校這邊知道飯山的情形，不過在她的請託之下，向其他學生保密。確實在這種狀況下，校方難以容許讓她在教育旅行之類的活動自由行動，而她本人也很害怕吧。這麼說來，我的確沒有在校外活動看過她的印象。

「嗯。萬一半途失憶，不曉得我會捅出什麼婁子來嘛。所以我也沒和朋友一塊兒去旅行過。」

「和朋友一起去應該無妨吧？像是和片柳同學單獨旅行。」

「才不要，那樣一來我就得把隱情告訴她了呀。」

「妳們明明是朋友，妳卻瞞著她啊。」

「說好不提這個了。」

飯山輕輕賞了我的腦袋一記手刀。

「妳沒有跟片柳同學她們開誠布公的意思嗎？」

「你覺得有嗎？」

「嗯，如果是我的話就會絕口不提呢。」

「就是這麼回事。開襟衫組和你是屬於不同層面的朋友。」

飯山泰然自若地說道。我曉得她是個工於心計的人，看來她的人際關係果然經過了縝密的計算。

「——那麼，回到旅行的話題。你有想上哪兒去嗎？」

飯山把話題拉了回來，於是我瞇細了雙眼。

「已經確定要去了嗎？」

「確定。假如你不願意跟我一起來，我可能會在旅途中自殺。」

「那樣我會很傷腦筋，我就去吧。要到哪裡都行喔。」

「你要是不提出一個地點，我可能會自殺。」

「我說，妳可以不要濫用那件事，搞得像擋箭牌一樣嗎？」

飯山露出奸笑。她這種地方的個性微妙地差勁。雖然我也沒資格說別人就是。

「我才要問妳，妳沒有想去的地方嗎？既然沒有旅行過的人是妳，那到妳想去的地方就行了。」

「嗯——坦白說目的地哪兒都好。和朋友旅行這個活動才重要。」

「是想體驗氣氛的意思是吧。那麼，妳想搭飛機還是坐新幹線？」

「我想搭飛機看看！」

飯山像個小學生一樣露出燦爛的目光，於是我苦笑了出來。

「如果是這樣，感覺就會是一趟遠行呢。我很怕熱，就去北方吧……」

我腦中浮現了幾個候選縣市。我從各地名勝聯想她可能會中意的地方。

「像是八岳啦。」

「喔喔。」

「或是輕井澤。」

「嗯嗯嗯。」

「……還有白神山地之類的。」

「喔，這個選項感覺不賴，可是你選擇的理由是什麼？」

由於飯山感到不解，我便解釋給她聽。

「白神山地是日本山毛櫸的原始森林，這種樹木最為人所知的特徵是會大量蓄水。據說把耳朵緊貼在樹幹上，就聽得見它吸水的聲音。」

飯山的眼睛一亮，似乎是心裡有底了。

「感覺好像會發出雨聲呢。」

「嗯，我也這麼想。」

喜歡雨水的我倆，八九不離十也會喜歡山毛櫸吧。即使無法聽見那道聲音，可是吸飽了雨水而成長茁壯的原始森林，想必很像身在雨中。

「那就決定去白神山地吧。內村同學，你有錢嗎？」

「還過得去。因為我平常沒在花嘛。」

「我也是。那麼就不用擔心旅費，可以盡情揮霍了呢。」

飯山賊賊地一笑。

「你想什麼時候去？我姑且先問問，原則上閒來無事的你，有什麼計畫嗎？」

「妳也太多嘴啦。嗯，我隨時都行。」

「嗯——我的預定計畫是……」

感覺聊起來會很久——內心如是想的我，舉起手暫且打斷飯山，而後拿著自己的空咖啡杯站了起來。

「我去點第二杯，妳要不要？」

「那我要咖啡拿鐵。」

「熱的可以嗎？」

「嗯——我想喝冰的耶。」

飯山望向窗外說道。外頭的陽光變強了。雖然早上天氣陰陰的，不過看來這下子會成為很有夏季風格的一天了。

「了解。」

那我也來點冰咖啡好了——我帶著這樣的念頭離開位子，前往櫃檯。

＊

當我說自己要和朋友一道去旅行，母親便露出了彷彿見到妖魔鬼怪的表情。

「我才想說你最近常常出門呢……那位朋友是學校的孩子嗎？」

「嗯，同班同學。」

「……這樣。對方是個好孩子嗎？」

「不曉得，她和我有點像。」

「什麼意思？」

「感覺很擅長和人家進行表面上的來往。」

「喔……」

了然於心的母親，應該大致掌握到了我過著什麼樣的高中生活。我幾乎不會和母親談到學校的事情，而她也不會過問。然而，我們畢竟是母子。正所謂有其子必有其母。母親和我有九成像，因此即使隻字未提，大部分的狀況她也會察覺到。

話雖如此，她應該也沒料到那位「朋友」是女孩子——也就是飯山直佳吧。無論是我或飯山都很清楚，社會大眾會以什麼樣的目光看待單獨出遊的年輕男女。

「如果不是奇怪的孩子就好……出門要小心喔。」

「我已經是高中生了，不要緊。」

「我不是那個意思。你曾經有過一段極度不悅的回——」

「沒事的。」

為了打斷母親說到一半的話，我的口氣略微強硬了些。

「……這樣。那就好，總之要注意喔。以一個男人來說，你總令人覺得不可靠。」

旅伴是女孩子一事，似乎也快被她識破了。母親說完這番話後便不再開口，可是當我回房的時候，感覺到背後傳來她的視線。這八成不是我多心了。

母親很了解我。正因她瞭如指掌，才不會太過深入地干涉我。然而，當我一想到她依然在為我擔心時，我的內心深處便有某種情緒互相衝突著。

*

時間來到七月的尾聲。我們決定從秋田車站搭乘 Resort 白神號，在海岸線進行一場列車之旅。到秋田機場的路，則是搭飛機過去。因為我們打算在白神山地附近走走，所以我和飯山都穿著輕便服飾。我們預計玩個兩天一夜，因此也不怎麼需要替換衣物。那天飯山很罕見地並非綁馬尾，也不是穿白色開襟衫。這麼說來，自從放暑假之後，我好像就沒看過飯山做那副打扮了。大概是長久以來看慣了馬尾和白衣，這令人有種難以言喻的突兀感。

從羽田機場搭機到秋田機場，大約要花一個鐘頭左右。東京的天氣是晴天。根據氣象預報，秋田機場應該也晴朗才是。我們約在羽田機場碰面，而後搭上九點五十分起飛的班機。

「好期待喔。」

上飛機前就靜不下來的飯山一如字面所述，就像個正在參加教育旅行的國中生那樣坐立不安。

「我八成是有生以來第一次搭飛機。不曉得感覺如何呢？」

儘管起飛前的滑行和離地瞬間會稍微震一下，不過一旦飛上天後便幾乎不會搖晃，是種寧靜又安全的交通工具。因此對體驗過的我而言，並沒有什麼了不起的感慨。結果飛機離開地面時，飯山也不怎麼躁動。

「那個呀，我先跟你說，如果你覺得我怪怪的，就讓我吃下這個喔。」

在安全帶指示燈熄滅後，飯山遞了某樣東西給我。

是那個白色藥錠。

「這是和我旅行的規矩。我和家人出遊時，也必定會請他們帶著。別擔心，你隨便下藥在茶水裡就行了。」

「說什麼下藥……」

我感到猶豫，可是飯山卻硬是塞給我，讓我握住藥錠。

「求求你，我只能拜託知道內情的人了。」

飯山的手在微微發抖。我回她一句「好」，再將藥錠和隨身碟收在同一個口袋裡。

空中的旅途相當平穩。飯山很想聽聽我以前的故事，而我也問了她的過去。我揭露了自己曾經有在吹口琴的事，飯山則是透露她從前認為的飛機飛行方式。

「咦，你會吹口琴呀？」

「嗯，一點點。」

我有段時期配合母親的興趣吹過口琴。雖然比起彈鋼琴我更喜歡口琴，但近來已經完全不碰了。

「我好想聽喔。」

「往後有機會的話。」

那樣子的機會恐怕永遠不會到來吧。我所持有的口琴壞掉了，吹不出某個聲音。

「我呀，小時候一直覺得很不可思議，不曉得飛機是如何翱翔天際的。」

「那妳以為呢？」

「我以為，飛機是藉由在半空中拚命拍打翅膀飛的。」

我想像著飛機這個粗獷的鐵塊，拚了老命揮動那對堅固機翼的模樣而感到逗趣。這個想法真的非常有她的風格。

「真像是妳會想到的事耶。如今妳確實了解到它是怎麼飛的了嗎？」

「大致明白，是依靠升力和推力對吧。內村同學呢？你小時候是個怎樣的孩子？」

「還少了重力和阻力喔。但那先暫且不論——」

我回顧起過往。已經很久沒這麼做了。

「——我喜歡樓梯。家裡附近的所有樓梯我都爬上爬下過。」

「樓梯？」

「沒錯。另外也很喜歡坡道和彎道。」

「感覺好像又有什麼彆扭的理由耶。」

我露出苦笑。其實並非基於什麼奇怪的理由，我反倒覺得還算可愛。

「樓梯、坡道、彎道這些地方，會看見原本看不到的東西，反之亦然。」

「什麼，是恐怖故事嗎？」

「不，是物理層面的故事。爬上樓梯後，就看得到樓梯底下所看不見的事物。而走下樓梯，也就可以看到上頭無從得見的東西。坡道及彎道也是相同道理。筆直的道路無論走多遠皆是同樣的景色，可是彎道就不會曉得前面有些什麼。正是因為這樣，才會想到前面一探究竟。」

「喔……原來如此。」

飯山接受了。

「不過，我當初並沒有想得如此深入就是了。我那時僅是單純地覺得景物變換很有意思罷了。」

爬上坡道後，會有怎樣的景致呢？

走上樓梯後，會看到什麼呢？

那個轉角的前方，有著什麼樣的事物呢？

孩提時代，我的內心對這些瑣事感到雀躍，連天涯海角都走了過去。我也曾有過這麼可愛的時候呢。

如今我會覺得，樓梯前方有著討厭的事物。忍不住就會這麼想。那個逐漸遠去、伸手不及的背影。頭下腳上墜落的纖細身軀，以及掠過我所伸出去的指尖，那頭長髮的觸感。我走上樓梯時，腳步總是會不禁加快。但我卻會低下頭，避免往上瞧。

「是過去式對吧？」

飯山很敏銳地注意到了。

「……對。過去我很喜歡，最近倒未必。」

「為什麼？」

我無法直視飯山的眼睛。

「不曉得，會是因為長高的關係嗎？即使爬上樓梯，風景也沒那麼大的變化了。」

並不是這樣。

然而，我認為雖不中亦不遠矣。

就算爬到高處，眼中的事物也不再改變了。無論是由上面或下面來看，世界都黯淡無光。唯有雨天會沖刷掉灰濛濛的世界，在須臾之間讓我看到世界的真正面貌。因此我才會喜歡上雨天。

因為討厭起樓梯，才會鍾情雨水。

「你最好有所自覺喔。」

飯山發出了正經的嗓音，於是我不禁望向她的臉龐。

「什麼？怎麼這麼突然？」

「內村同學你呀，很不會說謊。」

我倏地從飯山身上別開了目光。她這番話說對了。

從七月的蒼穹灑落的陽光，照得跑道耀眼無比。

緊鄰航廈窗戶的秋田機場，和羽田相比感覺綠意盎然。一條長達兩千五百公尺的筆直跑道早已在好幾年前就決定要加到三千公尺，如今卻依然維持著原本的長度貫穿東西方。望見機身帶有藍色線條的飛機被天空的另一端給吸了進去，會令人忍不住覺得鐵塊飛在天上是件相當容易的事。飯山緊貼在玻璃窗上，凝望著跑道頗長一陣子。

東京天氣很熱，可是來到這兒後便涼爽了許多。走到外頭一看，儘管日照確切無疑是夏天之物，卻感覺得到肺部因這股和東京相異的澄澈空氣而喜悅。飯山用力地伸展著身子，還像貓咪一樣小小地打了個呵欠。

「妳從剛才就一直看得很熱衷耶。」

飯山「唔」一聲，帶著昏昏欲睡的眼神轉頭看向機場。

「看飛機？嗯，我還是第一次到機場來嘛。而且在羽田的時候慌慌張張的，根本沒辦法看。」

「飛機並沒有拍動翅膀對吧。」

「就說那個我知道啦。」

飯山啪啪啪地拍打著我的背。

我們預計移動到秋田車站，再從那裡搭乘Resort白神號。那是一輛連接著秋田到青森的觀光列車，沿著海岸線行經日本海和白神山地之間。由於我想去看看青池，所以打算在半途下車，以十二湖區域為中心四處走走。當我提議在上車前先去買火車便當之後，飯山的雙眼又閃閃發亮了起來。在學校不曾看過她這個表情耶——我內心如是想，同時迅速地撇開眼神。

她愈是幸福的時候，我愈想別開臉。不知為何，比起她哭泣的模樣，笑容更會令我回想起她所背負的重擔。她的腦部將會逐漸崩毀、龜裂、溶解。知曉此事的我，最近時不時地泫然欲泣。而這種時候，飯山都會露出彷彿看穿了一切的笑容。

要她活下去的人是我，所以我潸然淚下也太奇怪了。明明想哭的人是她啊。

「內村同學，你要買哪一款？」

面對這個物色著便當的嬌小背影，我不想再讓她繼續背負起什麼，因此我若無其事地拿起了飯山放在地上的背包。

「最出名的果然還是雞肉便當吧？」

「喔，感覺很好吃。啊——好難選耶。」

「我們還得注意電車時間，猶豫也要適可而止喔。我就決定是雞肉便當了。」

Resort白神號的班次並沒有那麼多。

「咦，那我買不一樣的好了。」

說完這句話的飯山，感覺還會再煩惱一陣子。我便拿著她的背包，搖搖晃晃地離開人群裡。

我將手伸進口袋裡，於是跑出了潔白無瑕的ＵＳＢ隨身碟和藥錠。

——……你可別把隨身碟弄丟嘍。

——求求你，我只能拜託知道內情的人了。

我遠遠眺望著忙著東挑西選的飯山，同時在手中把玩著那兩樣「白色」的事物。

——秀。

我吃了一驚，轉頭望去。只見外國觀光客正舉起照相機拍攝著火車便當，拖著行李箱的女子從旁經過，以及一對高齡夫婦開心地邊走邊聊。

我將隨身碟及藥錠放回口袋後，把飯山的背包抱在胸口蹲了下去，將臉埋了起來。

總覺得撐不住。

今天格外地難以控制。

人總是會有情感特別脆弱的日子。

和飯山待在一塊兒的時候我就已經很容易激動了，在這趟旅途中我們還要二十四小時形影不離。我好像快窒息了。是我開口要她繼續活著，並選擇為了她而持有隨身碟。我是自己做出「和她密切往來」這個抉擇的。我打從一開始就清楚這有多麼沉重，並非事到如今才畏懼於她所散發的濃密死神氣息。

只不過，一旦承認後，情感便會具體呈現出來。

承認寂寞，就會掉淚。

承認憤怒，就會揮拳。

承認喜悅，就會歡笑。

那麼，我承認自己無法對她「置身事外」後，會因此讓什麼情感湧現出來呢？這股憂鬱、令人窒息、肝腸寸斷、依然鬱悶，像是以刺鐵絲緊緊勒住胸口的情感名稱，我不曉得叫什麼來著。

「啊，真是的，果然在你手上。我沒有錢包，根本沒辦法買便當嘛！」

聽聞飯山的聲音，我茫茫然地抬起了頭。原本鼓著臉頰的她，一下子就變回了正經的神色。

「……怎麼了嗎？你的表情好奇怪。」

我埋在背包裡的臉，應該沒有哭才對。

「沒事。」

「我剛才也說了，你很不會撒謊啦。」

飯山似乎洞悉一切了。不曉得是正如她所說的我很好懂，抑或單純只是她很敏銳。

「……有事。」

「很好。假如你不希望人家問，那我就不會過問，所以你不需要說謊喔。」

語畢，飯山拍了拍我的頭。

這份觸感真是奇妙。我不記得有人對我這麼做過。我撫著頭，摸過被飯山拍打的地方。她見狀笑了。

「我沒有抹任何東西上去啦。」

「……上頭沾到了溫柔菌。」

我自己也覺得「這是在說什麼東西啊」，飯山則是嘻嘻笑道：

「那是什麼可愛的細菌呀？我的手上沒有那種東西。」

「有，總覺得在蠕動。」

「那是住在你頭上的蝨子啦。」

我感到憤慨。別看我這樣，我可是很愛乾淨也愛洗澡的。

「……我收回前言，根本沒有什麼溫柔菌。」

我不是就這麼說了嗎——飯山如此咯咯笑道，我又再次忽地從她身上別開目光。

我們搭上Resort白神號從秋田車站出發後，車窗外頭隨即出現了與鐵路平行的日本海。不久後右側應該可以看到白神山地才是。因為飯山堅持要坐窗邊不肯退讓，雖然我也想坐，但還是不情不願地讓給她了。Resort白神號雖然也有面對窗戶，像是橫向設置的吧檯一樣的車廂，可是那邊早已座無虛席了。展望室也擠滿了攜家帶眷的旅客，因此我們倆乖乖地坐在面對行進方向的普通對號座上。由於是左手邊的位子，大海能看得一清二楚。

「好舒服喔！」

飯山喧鬧著。很可惜窗戶打不開，不過海風確實很舒暢的樣子。當我眺望著茫茫無際的日本海時，儘管是陳腔濫調，卻體認到了自己有多麼渺小。那片湛藍相當深邃。與其說是水藍色，我認為是大海的顏色。

「有活著的感覺呢。」

飯山大概是不經意地說道，不過我卻心頭一顫。

「妳是還活著啊。」

「喔，對耶。我還活著。」

「別說什麼『還』啦。」

我發出了略顯尖銳的聲音。

「縱使腦袋不會受損，我也不再有自殺的念頭，但人終歸一死嘛。」

飯山微笑道。

「是這樣沒錯啦。」

為什麼她會在此時微笑呢？

「我有帶著隨身碟喔。」

為何我會想主張這種事情呢？

「我知道啦。怎麼，你還真愛操心耶，內村同學。」

飯山從頭到尾都是一副超然的模樣。她八成一如往常吧，奇怪的人是我。

吃完便當後，列車正好開到了十二湖車站，於是我們手忙腳亂地暫且向 Resort 白神號告別。

我們搭上巴士移動了一陣子，而後徒步進入白神山地。

我們是在下午一點左右抵達青池的。我們來的時間應該很不錯。

「好藍喔。」

「好藍喔。」

這座湖泊一如其名，是以藍色為人所知，不過實際上湖水極度趨近於透明。據說它正是因為透明的關係，所以會吸收藍色以外的可見光，看起來才會藍藍的，不過確切的理由並未分曉。

但真要說起來，奪走我們目光的，是湖水的透明程度。

「好美。」

湖水澄澈得隱約可見湖底。儘管湛藍，透明度卻極高，宛如青金石一般的群青色。

「接近無限透明的藍。」

我脫口說出腦中無意間浮現的句子。

「……是村上春樹嗎？」飯山問。

「很遺憾，是村上龍。」

那是作家村上龍的出道作。這部超有名的文學作品，是以活生生血淋淋的人物描寫為人所知，不像它那在日本文學史上屈指可數的知名標題。

「感覺好像你一樣喔。」

飯山言下之意，並不是指小說的內容。

「這樣呀。透明或許就是指這種顏色呢。」

與其說藍色，更接近深藍的湖泊。飯山映著它的雙眼中，看似也帶了點藍色。比起七月蒼穹更深邃的碧藍眼眸。

「內村同學，你也有藍色的感覺喔。」

——秀，你有藍色的感覺呢。

今天的我，莫名經常回想起往事。我是藍色的嗎？抑或是透明的呢？我自認兩者皆非。我的顏色更加混濁，並不像這座湖泊一樣帶有夢幻般的色彩。

「是這樣嗎？」

我喃喃地出言否定。

飯山出奇地自信滿滿，深深點了個頭。

「就是這樣呀。」

之後，我倆漫步在山毛櫸樹林裡。

山毛櫸樹林所交織而成的獨特景致，我認為果然是來自於樹皮的特徵。灰褐色樹皮上頭附著了黑黑的苔蘚，打造出特有的斑紋。或許是拜偏白的樹幹之賜——應該也和葉子的生長方式及輕薄的程度有所相關——樹林裡光線充足，明明是在樹蔭下卻令人感到明亮。透過綠葉灑落的陽光，在白色樹幹上留下了光芒和陰影。這種樹雖給人纖細的印象，可是生命力卻極其強勁，據說它所生長的區域裡，幾乎不會長出其他樹木。雖然它在山林開發的影響下遭到採伐，原始森林殘留的地區極為稀少，但以落葉闊葉林來說，它的模樣似乎其實並不怎麼稀奇。

「——即使是如此堅強的樹木，也贏不過人類呢。」

飯山昂首望向山毛櫸樹，輕聲說道。

就生命力這層意義來說，人類並非多麼強悍的種族。倘若加進食物鏈裡，反倒算是弱小的類型吧。然而，事實上日本列島蔓延著日本人，而山毛櫸頂多只有白神山地存在著原始森林。真是難以言喻的諷刺現實。

我們看著樹木間幾座澄澈的湖泊，同時走在森林裡。聽說十二湖的周遭，有著三十三座湖。

「明明就叫十二湖，卻有這麼多？」

「對，大概是有什麼理由吧。」

只要去查應該就曉得了，但我現在總覺得提不起勁。感覺不知道也無妨。只要將目前的景色和情感確確實實地銘刻在記憶裡就好了。

「噯，話說回來——」

飯山開口說道，並指著附近的山毛櫸樹木。

「它會發出雨聲嗎？」

「對耶……」

她所說的是山毛櫸吸水的聲音。飯山將耳朵緊貼在樹幹上，一臉正經地閉上雙眼。

「有聲音嗎？」

「等等，安靜點……」

飯山溫柔地抱著樹幹。她就這麼把耳朵抵在上頭一動也不動，彷彿自己也成了樹木似的。

風兒沙沙地吹拂著她的髮絲。我若無其事地伸出手，碰了她的頭髮。飯山並沒有察覺。那份觸感很柔軟，好像在摸某種動物一樣。一種體毛蓬軟的小型草食動物。

「我聽得見。」

飯山喃喃說道。

「真的？」

我收回了手，飯山便睜開眼睛。

「有水聲。」

我從飯山的反方向，將耳朵抵在同一棵樹上。

剛開始我只覺得有風聲和鳥叫——不過似乎有某種聲音傳來。

那聽起來並不像水聲，感覺像某種律動。會是樹木的脈動嗎，或是如同飯山所言，是山毛櫸的水聲呢？又或許——是人在另一頭緊貼著耳朵的飯山，她的心跳聲。

那一點都不像是雨聲。

並非白噪音。

而是更加強勁，同時稍縱即逝，令人聯想到仙女棒——

卻很奇妙地讓人放鬆的聲音。我的心靈逐漸變得風平浪靜。感覺好像風兒吹過了體內一樣。

我們有好長一段時間都像蟬殼般，緊緊黏在山毛櫸樹上頭。

＊

飯店我們是訂了兩間相鄰的房間，而晚餐則是在餐廳一塊兒享用。飯山是一口一口細嚼慢嚥地吃著。我則不曉得是否因為疲憊的關係，很隨便地附和著偶爾開口的她，味同嚼蠟地動著嘴巴。

「——所以呀，真奈她就說了。絕對要看看《水族館戰爭》比較好，不然人生就虧大了。」

水族館戰爭是少女漫畫的書名。它是以人氣作家的小說為原作，我也曾經看過小說版。在冷硬派的發展之下演變的戀愛情事，的確感覺會很受女生歡迎。小說本身雖擁有不分年齡層的廣泛讀者群，不過我個人可以接受漫畫版刊載在少女漫畫雜誌上。

「然後呀，由美就說沒看過小說版的傢伙，沒有資格聊這部作品，她們倆就起了一場小說和漫畫版的大爭論。我兩個版本都喜歡，所以兩邊都想支持，可是真奈她不看小說嘛。我想只要她去看，鐵定會喜歡上的呢。畢竟是一樣的故事，這也理所當然啦。」

由於詳情我並不清楚，只能點點頭或是出聲附和，飯山卻是絲毫未見介意的模樣，繼續說了下去。

我心想：女生很愛說話這件事搞不好是真的。飯山在學校和開襟衫組在一起時，也相當健談並笑口常開。她一個人就有這麼多話要說了，女生又是會成群結黨談天說地的生物，因此我實在無從料想，她們究竟是如何估算彼此談話的節奏。方才話題中所提到的片柳真奈及橫川由美，從我的角度來看是多話到驚人的地步。倘若飯山加入其中，對話的主導權到底會握在誰手中呢？光是想像那陣噪音，我就感到頭痛了。

把水喝光的飯山眺望著玻璃杯，眼神變得像是在茫茫然看著遠方。

「……剛剛聊到哪裡了？對了對了，是在講真奈她呀，說絕對應該要看看《水族館戰爭》。」

我不禁抬起頭來。

「然後呀，由美就說沒看過小說版的傢伙——」

——沒看過小說版的傢伙，沒有資格聊這部作品。

——真奈和由美起了一場大爭論。

——我兩個版本都喜歡。

——真奈她不看小說。可是我想她只要去看，鐵定會喜歡上的。

——畢竟內容相同，這也理所當然啦。

飯山所聊的事情和數分鐘前一模一樣，她的口吻卻簡直像是初次提及。

我慢了一拍才想到，這有可能是症狀發作了。

我將手伸進口袋，於是摸到了藥錠的觸感。

——別擔心，你隨便下藥在茶水裡就行了。

雖然她之前這麼說，可是用不著刻意做出這種可疑的事，只要提醒飯山「妳可能發病了」，她就會吃藥吧。萬一飯山想不起「自己或許會發病」這個狀況就不妙了，但我認為可能性很低。只不過，最困難的點在於，我們倆都無法確定這是否當真為病況。那種藥會伴隨著強烈的副作用。可以的話，我不希望讓她在難得的旅途中，而且還是在享用美味的晚餐時，留下這種痛苦的回憶。飯山肯定也是這麼想的。然而，假使就這麼置之不理而症狀並未舒緩，導致回想不起更重要的記憶——比方像是自己為何在這裡，或是有誰同行——就無法保證她不會做出衝動的事。若這裡是老家倒還好，可是在這塊陌生的土地上，我最想避免的就是讓她貿然行事。

把各種事物放在天秤上衡量後，我選擇讓飯山吃藥。接下來就是看要如何開口了。飯山依然滿心歡喜地繼續聊著。我必須打斷她，將殘酷的可能性攤在她面前。飯山一定會堆起笑容乖乖吃藥吧。然後可能會找個煞有其事的藉口躲在廁所，等四下無人的時候再開始嘔吐。我討厭她這樣子顧慮別人，也不喜歡讓她這麼煞費苦心。正是因為我很清楚她會那麼做，所以才更難受——儘管如此……

「……飯山同學。」

飯山果然掛著笑容，凝視著我從口袋裡拿出的藥錠。

「咦，難不成我出狀況了？」

她的亢奮情緒絲毫未減，維持著似乎因喜悅而略顯嫣紅的臉蛋，歪頭問道。

「不曉得，我不確定。但是，妳把不久前講過的話原原本本地重複了一遍。所以，我在想搞不好——」

「不會吧！我完全不知道，對不起。」

「妳不需要道歉啦。我也不清楚這樣是否需要吃藥，但萬一……」

在我將整句話說完前，飯山從我手裡一把搶過了藥。

「啊，沒水了。你可以去幫我倒一杯嗎？」

她在把藥錠按壓出來的同時這麼說。

我依照飯山的請求，拿著她的杯子離開座位，去要了一杯冷水。回來之後飯山便默默伸出了手，將我遞給她的水含在口中，咕嘟一聲喝掉了。看來她已經先把藥錠放在嘴裡了。或許是不想被我看到劑量。取出藥錠後的包裝也不見蹤影，她大概是收進了自己的口袋裡吧。

「唉，偏偏是現在發作呀。」

飯山依依不捨地緊盯著桌上剩下的菜餚，說了句「我去一下洗手間」之後便從位子上站了起來。「我可能會晚點才回來，你吃完飯就先回房沒關係。反正我們住不同房間嘛。之後我再到你那邊去。」

她笑著揮揮手，而後離開了餐廳。或許我應該對她說點什麼才是。然而，正因為我察覺得到她目前的身心狀態，我才只有頷首回覆這個選擇。

如同飯山所預告的，她超過半小時都還沒回來。我無精打采地回房後，有種許久未曾獨處的感覺，整個人疲憊不堪地趴在床上。

和別人在一起會勞心傷神。更別說對方不但是女生，還是原本意圖自殺的惡棍，帶著即將毀損的腦袋竭力生存著的人。這麼一來，我要操的心就更多了。不僅如此，還有什麼病發啦、藥劑之類的……她顧慮著我，不讓自己受苦的模樣呈現在我眼前。見到她此等背影，我卻未能對她說出隻字片語，這樣的自己令我感到焦躁。若是平常，我根本不會在意這種事情。假如對方不是飯山的話，說不定我甚至會認為隨便怎樣都好——可是……

「我是在搞什麼啊？」

我對著枕頭呢喃的話語，原封不動地被它彈了回來。你是在搞什麼啊，內村秀？你很奇怪喔。今天的你絕對有問題。

「我知道啦。」

我很清楚。在和枕頭對話的這個時間點，就已經很有毛病了。

隨身碟確切無疑地收在我口袋裡。那麼，那個約定應該還有效力才是。飯山她不會自殺。

可是，飯山的腦部也不會因此而治好。

——縱使腦袋不會受損，我也不再有自殺的念頭，但人終歸一死嘛。

就是這麼回事。飯山是對的。這個條件對我、對全人類都適用。今天一整天，飯山一直都是正確的。錯的人肯定是我。

可是，縱然如此，那也實在太空虛了。

她有天會逐漸遺忘，一切都回想不起來。不論是今天所看到的耀眼跑道、澄澈的夏日藍天、山毛櫸森林的水聲，以及透明的青池——飯山在這些有朝一日將會遺失的回憶中，時時刻刻都掛著笑容。感覺是打從心底感到開心。然而，一想到她是為了終將失去的事物而笑，我的內心便令人生厭地衝突、扭曲著，似乎都要消磨殆盡了。

——秀。

唯有今天我會回想起那段時光，這是為什麼呢？

我的腦袋裡響起電子琴的聲音。滿布塵埃的空氣、搖曳的窗簾、七月的熱氣。只有在彈琴時會紮起頭髮的少女，汗水從她的白皙後頸滑落。白濛濛的黑板上頭畫著五線譜和八分音符。圓形的日光燈。我的腦中正在進行搜尋。明明是很久沒有搜尋過的事情，它卻找出了正確的結果。飯山說過，「想得起來」就是這麼回事。我仍然記得起來。

記得起月崎加戀的事情。

過了二十分鐘左右，外頭傳來了叩叩叩的敲門聲。

「請進。」

我開口回應。門扉並沒有上鎖，因為她有說之後會再過來。

「嗨嗨。」

飯山一開門便毫無顧忌地走了進來，並無所顧慮地坐在我的床上。而後，她目不轉睛地盯著我的臉看說：

「感覺你的表情又怪怪的了。」

如是說的飯山雖然一臉若無其事，不過臉色依然有些鐵青。我便是注意到了這點，才會反射性地皺起臉來。

「對了對了，你平常老是會擺出那種嚴峻的表情嘛。要是反常地露出鬆懈的呆愣表情，感覺就不像你了。」

「我的個性才沒那麼難搞啦。」

「你居然自己說喔？順帶一提，你覺得自己是什麼樣的個性呢？」

「既隨和又好相處，還很親切。」

「夢話就去跟周公說啦。」

飯山一臉正經八百地如此表示。

我有隨便帶了一些點心來──語畢，飯山將我平常不會吃的廉價點心撒在床上。感覺片柳她們會很喜歡，但我不是很愛吃甜食。

「我有想到你會那麼說，所以也有辣的喔。來吃卡樂比薯條杯吧。」

我一臉凝重地瞪視著飯山所遞出來的點心。

「剛剛我們才吃過晚餐對吧？」

「甜點是放在另一個胃喔。」

「薯條並不甜吧？」

「薯條也在另一個胃喔。」

飯山隨口回答著，同時接二連三地把點心的包裝撕開，結果全都打開了。

「等妳開完才問雖然有點那個，但妳幹嘛全開呢？」

「我想說全部打開的話，是不是就得統統吃掉了。」

「我從來沒見過熱量這麼高的背水陣。」

「畢竟時間有限呀。」

飯山應該是不經意地這麼說，但這個遣詞用字讓我難以釋懷。我抬起頭，小小聲地對她說：

「我希望妳別說這種話。」

飯山望向我，看似在問「為什麼」。

「因為我會心生動搖。」

「動搖？」

沒錯，我的內心會產生動搖。她這個像是自己來日不多的說法，會令我感到不悅。倘若不曉得她的隱情，這個語氣聽來也像是單純想珍惜快樂的時光。然而，我知道她的祕密。正因如此，才不會聽成那個意思。

「你又露出那種表情了。」

飯山戳了戳我的額頭。她的手指十分冰冷。明明有著生命流動，卻簡直像是冰塊一樣。或許單單只是手腳冰冷也說不定，不過也可能和她的大腦有某種關係。我會忍不住去思考、去想像，害怕著腦中所產生出來的虛幻恐懼。而就是這種時候，我會回想起月崎。

我極其厭惡明明束手無策，卻又和對方扯上關係的自己。

「嗳，內村同學。」

飯山說。

「你要不要試著告訴我，過去那件有一千顆小番茄分量的討厭事情？」

我望向飯山的雙眸。

上頭映照著駝著背的我。然而，我在飯山眼中的雙目，卻並未映著她。那兒有著一名和她極為相似的少女，但她們並非同一人。

「你無論如何都不希望人家過問嗎？可是呀，我覺得你應該很想找個人傾訴吧。」

我稍稍從「她」的影子別開目光，看向飯山直佳。

飯山的眼中沒有好奇心。

僅是非常單純地看著她眼前的我。

我心想：和妳說這些儘管極其諷刺，不過或許是必然呢。

「……我的朋友，她從屋頂跳了下來。」

＊

月崎加戀是個天才。

她是一名鋼琴家。對譜面的獨特詮釋，以及將之乘載在音樂上的那份精緻且豐富的表現力，在同齡者當中也是鶴立雞群。她稚齡十三歲之時，便已達到了能與年長十幾二十歲的演奏者並駕齊驅的領域。只不過，我認為她單純只是早熟罷了。月崎這個人以國二少女來說，實在太過老成了。她超然的程度甚至可稱為異常。與其說是一名少女，更像是個成熟女性。

我有聽說這個學生的家庭狀況很複雜。之所以只聽過傳言，是因為她不會在我面前聊家裡的事情。或許應該說，我沒有了解的意思比較正確。這個少女相當懂事，無論對誰都面帶笑容，不太會主張自我。八成因為我也是同樣的人，所以僅有我察覺到那是一張掛在她臉上的假面具。

據說月崎加戀的成長期間有受到虐待。對方是她的親生父親，母親則是為了保護自己而拿她當擋箭牌。當時的她是個尚未讀國中的孩子，實在柔弱到無從抵抗。因此比起抗拒，她先學會的事情是：總之別觸怒父親，還有別不小心刺激到母親——簡單說就是不要得罪別人。我覺得，這就是她那張淡淡笑容的真面目。

對她而言值得慶幸的是，那個不像話的父親很早就歸西了。雖然有傳聞說他是被殺的，但我不清楚真相。從那陣子起，她便能夠利用原本就有在學的鋼琴，彈奏出獨一無二的音樂了。而今我可以明白，那股散發著悲愴感的強烈表現力，是來自於她親身體驗的痛楚。

當父親在世時，她無法好好地練鋼琴，父親過世後，她表現的枷鎖便解開了。迄今為止不斷受到壓抑、無處可去的自我主張，這道急流悉數湧進了鋼琴裡。她所演奏出來的音調帶有感情。她的演奏功力極其強勁、驚心動魄、情感飽滿。轉眼間她就出名了。

企圖徹底利用這點的母親，表示她和父親一樣，到頭來都不是什麼好東西吧。

她被赤裸裸地攤在檯面上。電視節目、雜誌、演奏會——母親管理著接踵而來的工作，而且恐怕讓她全部接受。月崎沒有拒絕的權利。因為她只學會了通盤接受，不曉得要進行抵抗。

眨眼間，月崎就變成了一具空殼。她的演奏開始會出現明顯的失誤了。當初那些情感，也從她的演奏裡消失無蹤。責怪著她的母親，彷彿像是被父親的怨念所附身似的，對月崎暴力相向。

然而，這也並未持續太久。應該算得上走運吧。

月崎升上國中那一年，她的母親辭世了。不曉得該說死去還是被殺，總之她被車子輾死了。

據說無論是她父親或母親往生時，都流傳著一個煞有介事的傳聞。

內容是：會不會是月崎加戀為了報復父母親的虐待，而手刃了他們呢？

我是在國中三年級的四月見到她的。她以轉學生的身分來到我們學校，正好在我們升級的時間點編入了三年三班。

從鎂光燈之下銷聲匿跡一年多，即使在原本就受眾有限的古典鋼琴界赫赫有名，從一般世人的角度來看，她只是個十四歲的少女。除了我之外，班上沒有人曉得月崎加戀的名字。

我覺得她是個透明的少女。她的膚色蒼白，茶色的頭髮似乎是天生的，而眼眸的顏色也莫名地淡。這名少女整體而言屬於淺色系，感覺像是在光線照耀下會顯得透明的幽靈一樣。當有人攀談時，她便會經常露出笑容，被問到YES或NO的時候也幾乎會給予肯定的答覆。她不會使用否定的話語。

由於她就坐在我前面的位子，我能夠仔細觀察她的模樣。我隨即察覺到，她和我是很像的人。她的笑容裡沒有溫度，只是在做表面工夫。

儘管如此，國中時的我還算是會跟人家打交道。我擁有稱得上朋友的人，而面對他們，我認為自己應該有展露出真心的笑容。

我這個人只是單純不擅長釋放情感，並不是有什麼特別灰暗的過去。硬要說的話，我的父母也一樣。因為我是在這種環境下長大的，所以不曉得該怎麼好好地表露情感。

小時候，母親教育我學習鋼琴和口琴，不過那時我已經和他們倆疏遠了。我也並未參加任何社團活動，只是固定會在放學後待在校內的某個地點。學校裡有間堆積了各式廢品，幾乎像是倉庫般的教室，裡頭擺了一架陳舊的電子琴。雖然它確實還能彈，不過有顆琴鍵壞了，發不出聲音。比方說，彈奏《踩到貓兒》的時候，曲調便會像是踩到愛麗絲夢遊仙境裡的柴郡貓那般奇妙。它就是這樣的琴。

我並非特別鍾愛鋼琴，不過就是喜歡音樂。因此我知道月崎加戀的事情，應該說瞭如指掌。

我很中意她的曲子。她會以一臉泰然自若的表情，演奏出悲愴感十足的激昂曲調。我並不是在趕流行，只是單純喜歡她這個演奏者。簡單說，我就是她的樂迷。

我知道幾首由她操刀的曲子。她有作曲的天分，推出的ＣＤ裡有幾首獨創曲，其中一首叫作《透明》。那陣子我經常在堆積了各式雜物的教室，彈奏這首我已經聽到即使不看樂譜也會彈的曲子。

這間教室照理說不會有任何人造訪。我是在五月黃金週過後的某一天，聽見有人敲門的聲音。我以為是自己聽錯了而停下演奏，但敲門聲卻像是等待著這個時機似地再次傳了過來，於是我回了一句「請進」。就算是位置如此偏僻的教室，只要稍微發出聲響便立刻會有人知道。我想說「是不是要被老師警告了」而稍加提防，結果開啟教室門扉的，卻是一個更為嬌小的人物。

來者是月崎加戀。她似乎注意到自己曾看過我的長相了。

「啊，對不起，打擾你演奏了……呃……這裡是……」

「名為第二視聽教室的置物空間。我並沒有在演奏，妳用不著道歉。」

我從電子琴那兒站了起來。月崎緩緩走進教室，看見我所彈奏的樂器後，臉上便稍微綻放了笑容。

「內村同學，你有在彈電子琴呀。」

「我所學的是鋼琴啦，月崎同學。」

我如此稱呼，於是月崎的表情便僵住了。

「原來你曉得呀。」

「我想，班上應該只有我知情。」

「這樣……那架電子琴，沒有發出A的音呢。」

「它壞掉了。」

「但你卻彈得很高興的樣子耶。」

「是嗎？」

「你的音調都在舞動喔。」

「……從前我吹過口琴。而那把口琴壞了，發不出A的音階。因此，當我初次見到這架電子琴的時候，就湧現了些許親近感。」

「嗯哼，你還會吹口琴呀……好想聽聽看喔。」

「往後有機會的話。」

「你喜歡這首《透明》嗎？」

在本人面前，讓她聽見了拙劣且跳過A音的冒牌曲子，實在令我尷尬又害臊，於是我別開目光回答她。

「這是妳所創作的曲子當中最棒的。我認為它呈現出了月崎加戀最真實的樣貌。」

由於月崎默不回應，我便將視線轉回她身上，結果發現她望向我的眼神，像是在看著什麼奇妙的事物。

「你為什麼會這麼想呢？」

我隨即理解到，這個問題的含意並不是在問「為什麼最喜歡《透明》」，而是針對我後半段的話語。

「這只是我擅自解讀……因為我感覺，妳的本性還挺差勁的。」

我正經八百地說完這段話後——月崎愣了愣，以響徹教室的大嗓門笑了出來。

——我還是第一次看到有人會如此嚴肅地說這種話嘛。

事後，月崎這麼對我說。

「內村同學，你這個人真有意思。」

「哪方面？」

「遣詞用字吧？」

月崎露出微笑。那和她在班上顯露的親切笑容不同，雖然隱藏著難以言喻的卑微態度，感覺卻不像是在做表面工夫。

「沒錯，《透明》是個性很惡劣的曲子。」

《透明》呈現出了十來歲少女眼中的純粹世界——社會大眾是如此解釋並接受。這首樂曲收錄在她銷聲匿跡前推出的唯一一張ＣＤ裡，輕快的旋律間摻雜了哀愁。這個女生小小年紀卻已捕捉到了世間的黑暗面，而不僅僅是光明面——聽眾是如此對它讚譽有加，但我可不這麼覺得。

我認為，那是一首整體都在表述月崎加戀本身的曲子。

這個四月實際見到她之後，我更是確定了。長調旋律占了大部分的《透明》，僅有幾處轉為短調。那並不是在表達世界的黑暗面。我感覺月崎加戀就是「身處」在那裡，剩下的全都是戴著面具的她。空虛的旋律呈現著好似不存在的少女，有沒有她都一樣。然而，正是因為有那段漫長、冗長且陳腐的旋律，才能凸顯轉調之處。

「我呀，打從一開始就知道那首曲子會受歡迎了。就連會有什麼樣的評價也是。」

明明我沒有開口請求，月崎卻取代我坐在電子琴前，開始彈起了《透明》來。我倒抽了一口氣。那無疑是我經常在ＣＤ裡聽見的正牌曲調。樂器是發不出Ａ音的電子琴著實令人遺憾萬千，好想聽她以鋼琴演奏。我好希望聽她以貨真價實並確實調音過的平台式鋼琴來彈。

來到轉調的段落後，音調就轉變到讓人寒毛直豎的地步。長調的部分刻意彈得毫無起伏，令聽眾意興闌珊，再一鼓作氣地吸引住他們。她以柔軟的運指，彈奏出強勁得驚人且豐沛的音色。所謂的表現力並不是指技術。她果然是個無庸置疑的天才。

彈奏完畢的她對我露出了一個若有深意的微笑後，便再次將手指擱在琴鍵上。

「我是為了迎合大眾才這樣彈的。可是呀，這首曲子其實應該是這麼演奏。」

現在的曲調，和方才完全相反。

月崎投入感情彈奏長調段落，短調則是彈得極其平坦。因此那首曲子相當凡庸且乏味，甚至讓人不會察覺到有轉調的事實。可是，我毫無疑問地在此望見了月崎加戀這名少女的心。

「……真是透明。」

聽聞我低聲呢喃，月崎便微笑道：

「沒錯，這樣彈就會變得透明。剛才的彈法感覺就是群青色吧。」

她溫柔地撫摸著發不出A音的琴鍵。

之後我和月崎聊了一下。

她在班上的表現，果然有很大一部分是在裝乖。據她所言，那並沒有特別的意義，就只是「習慣」。月崎還說，她身為鋼琴家的事，希望我盡量保密。她想要單純以國中生的身分過活，而不是鋼琴家——月崎提出了這個意外平凡的願望。

「妳為什麼不再彈鋼琴了呢？」

面對我的提問，月崎的神色顯現出露骨的不悅。

「這個問題我已經聽膩了。」

「……我換個問法。既然妳那麼想，為何至今都在扮演一個眾人會感到高興，個性端莊又楚楚可憐的天才——月崎加戀呢？」

月崎露出開心的表情。

「內村同學，你很內行呢。」

「謝了。」

「這個嘛，我的確是在演戲沒錯。因為我媽媽如此期望。」

月崎輕聲說道。

「可是，媽媽她往生了。我確實是為了回應眾人的期待而扮演神童月崎加戀，但到頭來我覺得是為了媽媽才這麼做。因此當她不在後，也就失去了理由。我沒必要繼續當個天才了。」

「妳居然自己說呢。」

「因為是事實呀。」

她的口氣若無其事，不過那確切無疑是事實。

「而且，從媽媽還在世的時候，我的才能就開始枯竭了。結果我只是個無以為繼的一片樂手。演奏技術比我精湛的人要多少有多少。像什麼詮釋或作曲之類，也僅是因為我年輕才備受矚目罷了。我本身是個再平凡也不過的鋼琴家了。所以——」

「沒有那回事。」

我忍不住插了嘴。

「月崎加戀是特別的人。」

月崎露出了意外開心的表情。

「是嗎？」

「對。至少《透明》裡頭，確實存在著只有妳才彈得出來的音色。」

「我只是在壓榨自己罷了。這種做法無法持續太久。」

月崎一派輕鬆地說。

「不過，不久之後我說不定又會重拾鋼琴吧。」

「咦？」

我吃了一驚。她這番話聽起來像是要再次以鋼琴家月崎加戀的身分，重新開始活動。

「我的父母都亡故了，憑我一個人活不下去吧？所以我需要錢。」

月崎表示，自己要為了錢重操舊業。

「幸好還有人願意請我彈琴。」

「等等，妳是一個人獨居嗎？」

「怎麼可能，我又沒有辦法租房子。我是寄宿在親戚家。可是，平白接受其他人的善意，違反我個人的主義。」

其他人。

她說有血緣關係的親戚是「其他人」。

她的心態要比我所想的還扭曲。從她的音調裡流露出來的悲愴感，感覺像是要把樂譜染成一片漆黑。她一直都在壓榨著自己。平凡的我，實在無從想像那兒有著什麼樣的過去。

「——噯，內村同學。」

臨別之際，月崎如此稱呼我，隨後這麼說道：

「我可以叫你『秀』嗎？」

秀。

我不太喜歡自己的名字。我壓根兒不是什麼優秀的人物。然而，那並不是名字的錯，而是我自己的問題。

「那我可以叫妳加戀嗎？」

她感到有些吃驚。

「為什麼？」

「那樣比較適合。」

不論如何，我都已經以「月崎」稱呼她了。

她思索了好一會兒。

「可以呀，但不要在別人面前叫喔。」

這點彼此彼此。要是月崎在教室裡叫我名字，周遭的目光會令我很介意。

「好，那我們就只有在這個地方如此相稱。」

呵呵——月崎淺淺一笑。

「那就再見嘍，秀。」

被她以莫名甜膩的嗓音喊著名字，使我背脊一顫。

從那之後到夏天為止的一段時間，我們都待在那間滿布塵埃且堆滿了破銅爛鐵的小教室裡，交互坐在發不出A音的電子琴前面，度過了這個季節。她大概是第一個能夠讓我坦誠以對的人。

因為相似，所以用不著客套。在教室裡，我們彼此都微妙地扮演著不同人物，笑吟吟地陪著笑臉。然而，只有我們倆才曉得那是假面具。一旦放學後到了那個地方去，我就會變成「秀」，而她則是「加戀」。「白天那是怎樣？」「我才要問，妳那張笑容是怎麼回事呢。」我們會卸下自己的面具展現給對方看，而後開懷大笑。月崎這個少女在毫不掩飾地發笑時，會是「唔嘻嘻嘻」這種低俗的聲音。

六月時，月崎參加了演奏會。

她並不是主要演奏者，而是被一場小型演奏會邀請去當特別來賓。她也送了我一張票，於是我便去聽了。

舞台上的她果然還是戴著假面具。她以一副笑臉迎人、楚楚可憐、閃閃動人、熟門熟路的模樣亮麗地演出著。她除了替小提琴家伴奏，還上演和其他鋼琴家的四手聯彈。她的演奏在專業人士身旁依舊光彩奪目，這似乎令觀眾體認到她毫無疑問也是個專家的事實。懷疑這名在各方引發話題的年輕鋼琴家其實力的人，也逐漸被她的演奏所吸引，整個會場都成了她的俘虜。

唯有一首曲子，是她單獨演奏自己的獨創曲。

雖然並非《透明》，卻也是知名樂曲。

她的演奏滿溢著情感。月崎果然很厲害。儘管她謙虛地表示自己已江郎才盡，不過她仍處於全盛時期，其才能充滿了光輝。

然而，她的表演卻也充斥著痛苦。疼痛、沉重、苦楚。這甚至讓我覺得，月崎只在我面前表現出來的模樣，說不定也並非她的本性。也許還是只有在演奏中，她才能毫無保留地展現自己。我不是很會表露情感，感覺她有些地方更笨拙。假如鋼琴是她失去了方向的情感出口，那麼月崎的演奏的確會時時伴隨著不穩定的要素。以一個專業人士來說，這是一副壓倒性的武器，同時也有可能是致命缺點。

隔週我所見到的她，神情憔悴不堪。

「還好嗎？妳的臉色很差喔。」

「沒有啦，只是久違的演奏比想像中還累人。而且我也沒能騰出什麼練習時間。」

「妳的演出很精彩，獨奏很棒喔。」

「只有那首我有拿出真本事，之後就放空了。」

月崎邊以電子琴彈奏《踩到貓兒》邊說。她的臉色果然不太好。

「……噯，秀。」

月崎說。

「你覺得『死亡』是什麼意思呢？」

她的語氣非常平板。

我稍作思考，慎重地回應她。

「我覺得是生命走到了終點。」

「我認為不對。」

月崎這麼說。

「所謂的死亡，不論是病死、老死、自殺，結果都相等。可是，生命走到終點和放棄活下去卻不同。因此你的定義並不正確。」

的確，月崎是對的。

「……是存活狀態告終了。」

「是呀，我覺得是如此。」

之後，月崎按下了電子琴的Ａ鍵。她按著不會發出任何聲響的琴鍵，轉頭望向我。

「你覺得，這顆琴鍵活著嗎？」

月崎偶爾會問些奇妙的事情。

「它原本就沒有生命啊。」

「我並不期待這種無趣的答案。」

月崎冷漠地說。

「……所謂存活狀態的定義是指？」

首先要從這兒釐清。月崎點了點頭。

「這個嘛，如果死去便是存活狀態結束，那麼活著又是指什麼呢？」

「存在於這個世上？」

「原來如此。琴鍵就存在於此。倘若你的定義無誤，那它就是活著的了。」

發不出聲音的琴鍵。物品無法完成它身為樂器的功能，就等同於不存在。明明存在於這個世界，卻又不存在。所謂的死亡，是容許蘊含此種矛盾的概念嗎？

若要舉例解釋我的意思，那麼就是處於腦死狀態的人還活著這樣的主張。這件事仍然沒有答案，而且依照看法不同，要視之為死亡或存活都可以。

我無法完全摸清月崎所要表達的意思，竭力動腦思索著。

「假設樂器的靈魂是聲音好了。發不出聲響的琴鍵已死去了，可是它依然存在於這個世界上。」

「像幽靈一樣？」

「沒錯，就是那樣。」

月崎頷首說道：「那便是死亡的定義。」

「這樣。所以那顆琴鍵已經死了。」我回答。

「我想這個答案，應該極度趨近於正確解答。」

但我也不曉得正確答案啦——月崎露出了惡作劇般的微笑。

「失去聲音的琴鍵，會給周遭的琴鍵、演奏者，以及聽眾帶來不幸。因為它害得音樂無法完成，不論其他琴鍵如何努力都是徒勞無功，也糟蹋了演奏者的演出。而聽眾則會對抱有缺陷的演奏感到失望。」

我不發一語地聽她說。月崎會唐突地說些奇妙的話，這也不是現在才開始的。

「這顆琴鍵想必也有自覺到，自己害得大家陷入不幸。如此一來，它會想消失無蹤肯定也是極其自然的事情。」

我心想「她今天所說的話格外奇妙耶」，同時開口詢問：

「妳想表達什麼呢？」

「你不明白嗎？我還以為你會理解。」

月崎目不轉睛地望著我。

她的眼眸真是透明，無論何時皆是如此。而她的眼瞳中不會映出任何事物。月崎的眼中沒有我、沒有這個世界，也沒有她自己。

「……我不懂。」

我逃也似地別開了目光。

「秀，你有藍色的感覺。」

月崎這麼說。

我曉得她所留下的最後一首樂曲，此事沒有別人知情。

那首曲子從未問世。這是因為，她是在那間小小的教室裡完成，直到最後都只有我一個人聽過。

它沒有曲名。聽過好幾次的我，認為它八成不是一首悲傷的樂曲。它雖是以短調構成，音色卻很美。最後則是結束得非常突然，唯有這點很不自然。也因此，這首奇妙的曲子帶有毛骨悚然的感覺。

「雖然是我自己創作的，可是這首曲子我彈不來。」

她掛著悲傷的微笑如此述說。我聽不太懂她的意思，心想「除了她之外還有誰可以彈呢」。

就在數天後。

電子琴的A鍵從世上永遠地銷聲匿跡了。事情發生在那年七月的尾聲。

*

——噯，秀。

我衝上階梯打開門，七月的蒼穹便出現在那兒。背對著那片湛藍美景，站在屋頂邊緣的她，以如同蜂蜜般的甜美嗓音開口說道。

——你要不要和我殉情？

那時候，我應該怎麼回答她才是呢？我該和她一塊兒跳下去嗎？還是說，有什麼話語可以對她述說呢？

我一句話也說不出口。換言之，這表示我束手無策。我什麼也沒能為她做。我自以為了解她的本性，但我果然對她一無所知。

我無從施予任何救贖，也不能夠使她回心轉意。我連阻止的空檔都沒有，她便掉到屋頂的另頭去了。

我伸出去的手劃過空中，她的髮梢掠過了我的指尖，隨後消失而去。

我聽見了某種東西摔爛的聲音。

那道聲響，就像是咬爛了嘴裡的小番茄一樣。彷彿一千顆小番茄同時爛掉——我覺得自己確切無疑地聽見了少女的每一顆細胞嘎吱作響、扭曲、變形，而後破碎的所有聲音。

那年，我鬱鬱寡歡地足不出戶。儘管勉強從國中畢業，卻未能報名考試。我花了一年的時間，好不容易才脫離家裡蹲的狀態，進入現在這所高中。

「……我什麼也沒能為她做。」

有許多事，我是事後才得知。比方她的家庭狀況，還有她身上的負面傳聞。然而，即使不曉得那些事，我也發現到了她心中的黑暗。只要聽了演奏，便知道她正在受苦。為何事所苦並不是問題，明明只要明白她感到痛苦就綽綽有餘了。

——你不明白嗎？我還以為你會理解。

我明白，妳就是那顆發不出聲音的琴鍵。

儘管如此，我依然繼續裝作聽得到它的聲音。換言之，這便是我無法挽救的罪孽。

我知道自己徹頭徹尾地束手無策。

之後我心想，既然自己什麼也辦不到，那麼至少到一個無法對任何人伸出援手的地方去。沒有人能對我出手相助，相對的我也不用挺身而出。於是，我就變成了現在的自己。不交朋友、在這個時代還沒有手機，一個深深孤立的高中生。這是為了不再和任何人扯上關係。

——可是我……

卻對妳伸出了援手。

「但我很害怕，會不會到最後又無法給予妳任何協助。」

「沒那回事啦。」

飯山立刻否定了。

我慢吞吞地抬起頭，見到她的眼中映照著我。而我在飯山眼瞳裡的雙眸，則映著她的身影。

我們倆確切無疑地凝望著彼此。

「你確實阻止了我嘛。」

「我有成功嗎？」

我沒有信心。

「有喔。」

飯山斬釘截鐵地說道。

「我不會尋死啦。只要你還拿著隨身碟，我就不會去自殺。」

「但是，妳的腦部並不會因此而痊癒。妳的端粒一定比別人還要短許多。」

我忍不住說出口。

沒錯。縱使我能夠阻止妳自戕，也不代表妳的端粒不再以極其驚人的速度減少。到頭來，這樣和袖手旁觀沒有兩樣——我是這麼認為的。

「喔……你果然是在介意那個嗎？」

飯山輕輕地把手擱在我頭上。

「剛才你也讓我吃藥啦，多虧如此才抑制住病發。抱歉喔，我當真講了兩次一樣的事情呢。」

「那種事情一點都不重要！」

我大聲呼喊。

「我聽了兩次一樣的事情，和妳因為副作用而受苦，還顧慮著不令我察覺，兩件事根本無法相提並論啊！」

「你是認真的嗎？」

這次吃了一記手刀的我眨了眨眼。飯山果然還是掛著笑容。妳為什麼——能夠總是那樣笑臉迎人呢？

「我是做好了活不久的心理準備，但也不是二十歲就會辭世。我可能會有哪裡變得怪怪的，不過不會自己尋短啦。我也有覺悟要和副作用徹底抗戰喔。那就是我的決心。因為有你在，我才能決意背負起來。所以拜託你不要露出太過沉痛的表情。總覺得每當我掛著笑容，你就會一臉痛苦，讓我很難笑。」

飯山帶著泫然欲泣的神情笑道。

我凝視著那張笑容，並未左顧右盼。

我的視野無法控制地模糊了起來。

啊——

妳的笑容真的很美。

因為會有種受到原諒的感覺，所以我才不想看。我不希望被諒解。我不願寬恕無法拯救妳性命的自己。

然而，看了這張表情後——

「……抱歉。」

我擠出聲音說道。我的語氣顫抖著，聽來極度沒出息。

「抱歉，我沒辦法拯救妳。即使能阻止妳尋短，我也無法處理妳大腦的問題。」

「好的，我原諒你。所以抬起頭來吧。」

飯山笑道：你是傻瓜嗎？我明明就沒有那樣子的期待呀。

這時我才忽然發現到，我對飯山所抱持的，那股既複雜又難堪且無可奈何的情感，和我對雨水帶有的感覺相似。月崎跳樓後，我躲在房裡那時，下了好長一陣子的夏季小雨。之後，我見到了受到雨水洗淨，閃耀著潔白光輝的城鎮。那股透明的……心境。

語畢，飯山這才像是雨水一般笑了。

「總覺得，這番話比聽到人家表明愛慕之意還更驚人。」

飯山靠了過來。

「噯，內內。」

「……這哪門子的稱呼？」

「不然……阿秀？」

「什麼事啊，小直？」

「哇，好尷尬！別了別了。」

「明明就是妳自己先起頭的。」

飯山有如在遮羞似地左右甩甩頭，而後再次看向我的臉龐。

「我想接吻。」

我的心跳漏了一拍。

我不曉得該怎麼回答她才好。

飯山鼓著臉頰，狠狠瞪著僵掉的我。

「……妳不是說，我並非妳中意的類型嗎？」

我竭盡全力如此回應，於是飯山的臉頰愈鼓愈凶了。這次或許是在遮羞也說不定。

「先聲明，這可不是帶有戀愛情感的吻喔。」

「那不然是什麼？」

「是透明的心情。我也對你抱持著極度透明的心意。」

透明的心意。

這份感覺，肯定就像月崎第二次彈的《透明》那樣。穿過所有光線，有如泛著深藍色光輝的青金石那般的美麗情感。

「……我從來沒接過吻。」

飯山又害臊地笑了。

「我也沒有呀。哇，心兒怦怦跳耶。」

我悄悄地將臉靠近飯山。

「……噯，等等。」

在我倆幾乎要彼此碰觸到額頭的距離，飯山低聲說：

「我希望你做得像是親吻雨水一樣。」

親吻雨水。

明明聽不懂，我卻覺得好像可以理解。

即使如此，在我將臉靠過去後，依然足足苦惱了好幾分鐘。最後在飯山嘻笑之下，我才終於下定了決心，輕輕將自己的嘴唇重疊在她的唇瓣上。

有雨水的味道。

和透明的滋味。

我感覺到了飯山的心跳。

強烈感受到她活著的事實。

當我把耳朵抵在山毛櫸樹上所聽見的，或許果然是她的心跳聲。飯山的心臟，確實猛烈且強勁地在那兒宣揚著生命的存在。

飯山活著。

我也是。

所以，我們總有一天會逝世。直到名為「生命」的端粒耗盡那時，都會不顧一切地活著，然後死去。

我緩緩挪開嘴唇，在極近距離和飯山四目相望。她閉上雙眼，將唇瓣給按了過來。有如漫長、寧靜、溫柔地不斷落下的小雨。

——這股憂鬱、令人窒息、肝腸寸斷、依然鬱悶，像是以刺鐵絲緊緊勒住胸口的情感名稱。

「透明」。

我們是如此稱呼它的。

這絕非戀愛情感，而是非常模糊且迂迴的心情。

然而，那天晚上我倆的內心，確實就像是青池一般澄澈透明。無止境的透明澄淨，散發著湛藍的光輝。

4

時間來到八月了。

我們仍然維持著透明的來往關係。透明的意思便是指一如往常。而所謂一如往常，換言之就是直到七月為止的我們所有一切。

飯山偶爾會出其不意地偷親我。明明說什麼沒接過吻，卻簡直像是對時機和手法瞭如指掌一般，一整個習以為常的樣子。就連舌燦蓮花的我，也唯有這件事無法好好地反擊她。那種時候，飯山便會在極近的距離之下望著我的雙眼，咧嘴而笑。

「居然一臉誇耀勝利的表情。」

我回敬了一次那張得意的模樣後，如此說道。

「內內呀，僅有這種時候臉龐才會紅冬冬的呢。」

飯山仍在竊笑著。

「囉嗦耶，妳自己還不是很紅。」

「很紅呀，因為人家在害羞嘛——」

實際上一點也不紅，飯山總是一臉蒼白。

我們並沒有天天見面。反倒是飯山她會因為和片柳她們碰頭，或是和父母親出門，還有其他各種事情而忙碌。我半傻眼地跟她說，真虧她有辦法在可能發病的狀況下——知情的父母和我姑且不論——和片柳她們出去，得到的回應是飯山基本上都選擇八成不會定期發作的日子外出。她說自己很重視友情，經常把我晾在一旁。沒和飯山見面的時候我閒來無事，偶爾會自己單獨出去看電影。可是不論如何，我腦中依然淨是在想她的事情。早上醒來後，第一個想起的就是她。

自從我倆旅行的那天之後，至少飯山沒有在我面前發病了。旅途中她交給我保管的藥我原封不動地留著，只要和她出門必定會隨身攜帶。值得慶幸的是，餵她吃藥的機會並未到來。

*

進入八月後的第一個雨天，我因為開放校園股長這件都快遺忘掉的差事被叫到學校來。這是為了接受說明，了解自己在不久的八月中旬那個活動裡，實際上要在什麼地方從事何種工作。我久違地穿制服到學校來，發現飯山也睽違已久地紮起了馬尾。然而，她並沒有穿著白色開襟衫。

這令我莫名地感到開心。

說明會本身大約一個小時左右便告終，於是我們決定一道回去。回程的路上依然在下雨，我依舊撐著透明的塑膠傘。飯山則是拿出了小把的水藍色摺疊傘，俐落地將它撐開來。

「哎呀，和國中生碰面感覺會緊張呢。明明我自己在數年前也同樣是國中生呀。我有辦法做好接待的工作嗎？」

排給我們的班，是在迎賓櫃檯分發手冊及會場導覽。時間是上午約兩個鐘頭。

「嗯，沒問題吧。因為妳的外在條件很好啊。」

「這什麼意思呀？我的內在也很棒好嗎？」

「夢話就去跟周公說吧。」

至少我不會想讀一所由二度意圖尋死的人擔任接待人員的高中。

「內村同學你才是，你的外在條件不太優，不要緊嗎？」

「如果強顏歡笑無妨的話，兩小時左右還過得去啦。」

「可是就算你掛著笑容，眼神也是了無生氣呀。」

「那是天生的，我無能為力。」

天空中的雨勢愈來愈強了。來的時候原本只是普通的水泥窟窿之處，已經積成了一灘水窪。

波紋陸陸續續地在泛著黑色的水面上產生又消失。注意到我停下腳步後，飯山也蹲在水窪前面。

「我去查過潮土油了。」

飯山像是回想起來似地說。

「那妳知道意思了嗎？」

「嗯。」

下雨後，由地面裊裊升起的奇妙氣味。這個詞原本是出自希臘語的樣子。Petra 是岩石的意思，而 Ichor 則是流竄在神祉體內的物質。應該要翻成「石神的血腥味」嗎？聽來好像很誇張，這個比喻卻相當貼切。

並非雨神之淚的味道，而是石神的血腥味。潮土油的氣味確實有這種感覺。

「總覺得你的血也會有那種味道耶。」

「我又不是神明。」

「你很像石頭呀，內村同學。」

見到飯山咯咯發笑而感到憤慨的我，將臉別到其他地方去。

有隻貓敏捷地穿過馬路。由大馬路那邊緩緩轉彎過來的卡車，輕輕濺起了水窪裡的水。有潮土油的味道飄上來。總覺得好像有鋼琴聲，是蕭邦的《小狗圓舞曲》。

八月的世界很和平，既平穩又安然無事。我身旁有個企圖自殺的少女，簡直就像是騙人的一樣。我以為，有個大腦即將毀損的少女這件事根本是個謊言。

我在平時的習慣下將手插進口袋裡，而後小小地「啊」了一聲。面對歪頭不解的飯山，我直搖頭表示「沒事」。其實事情可大了。我把隨身碟和藥錠給忘了。

「咦，是內村嘛。」

我才想說是認識的聲音，結果發現是撐著洋傘的片柳和橫田站在那兒。只見她們穿著便服，看來並非有事到學校來吧。

「你在幹嘛……呃，怎麼，是開放校園股長呀。」

片柳發現我後頭的飯山，便逕自釋疑了。飯山注意到片柳後，望向我這邊說：

「『是你的朋友嗎』？」

《小狗圓舞曲》戛然而止。

只有我在一瞬間理解了狀況。片柳瞇起眼睛，問了句：「小直？」飯山則是一臉傷腦筋的模樣再次看向我。唯有我清楚現在的情形。

就算我身上帶著藥，若要問我是否能讓她當場吃下並蒙騙過片柳，我想八成辦不到吧。儘管如此，並未攜帶藥品一事，仍令我比平時失去了幾分冷靜。

「抱歉，片柳同學。下次再說。」

我抓住飯山的手腕試圖邁步疾奔，可是片柳卻抓住了她另一隻手。

「等等，那是什麼意思？小直，妳怎麼了？」

我到這時才曉得，片柳對飯山而言是個比想像中還好許多的朋友。這是因為，片柳並非先對飯山彷彿不認識自己的舉止感到生氣或困惑，而是關心著說出這段奇妙發言的她。飯山之所以沒對片柳坦承自己的祕密，或許正是因為她們的交情如此要好之故——然而……

「放開我！」

聽聞飯山格外尖銳的嗓音，嚇一跳的片柳鬆開了手。我趁著這個空檔拔腿而出。即使我沒有牽著手，飯山依然跟了上來。我們倆在被雨淋濕的柏油路上死命狂奔，試圖甩開由後頭追上來的片柳及橫田她們的呼喚聲。

事情不妙了。

居然偏偏被片柳目睹病發的狀況。

我的心臟仍猛烈跳個不停。

不，迄今沒有東窗事發，反倒該說真是個奇蹟。飯山說過近來發作的頻率變高了，真虧她能夠隱瞞到現在。

「飯山同學，妳有帶著藥嗎？」

聽我這麼問，氣喘吁吁的飯山便望向我這裡。

「……剛才那些女孩是我的朋友？」

「對，是同班的片柳和橫田同學。」

飯山狠瞪著我。

「你幹嘛要逃呢？害我以為是不是危險人物，跟著你一塊兒逃跑了。」

她似乎很生氣，於是我開口抗辯。

「她們不是什麼危險人物，是和妳交情很好的女生。可是，她們不曉得妳腦部的事情。所以我想說，總比被她們知道要來得好。」

「……一旦逃跑還不是一樣。」

下次見到她們的時候該怎麼辦好——飯山低聲呢喃道。我有些無法釋懷，但總之當前的首要任務是抑制飯山發病。

「飯山同學，總而言之妳先吃藥吧。」

飯山再次死瞪著我瞧。

「內村同學，你為什麼沒有帶藥來呢？」

「……今天我忘記了。」

我老實地招供了。飯山凝望著我的雙眼好一陣子。

「……忘記了。這樣。」

飯山從包包裡拿出自己的藥，再由ＰＴＰ泡殼包裝裡擠出。一顆、兩顆、三顆、四顆……

「妳要吃這麼多嗎？」

「不吃這麼多，就沒有效果呀。」

她神色自若地說完，結果用了將近半份包裝的藥錠，在掌心裡堆成了一座小山。她不像旅行那時有顧慮到我的餘力，感覺也是因為她的內心有所動搖。

飯山和著水把藥錠大口吞了進去，我便察覺到她原本就蒼白的臉色變得更慘白了一些。不曉得是因為難吃，還是副作用立刻就產生了。無論如何，我的心中就只有不安。

「要找個地方休息嗎？不知道喝咖啡要不要緊？」

「咖啡因不行，會讓我更難受。」

不過，我想先找個地方坐坐。

飯山一臉痛苦地如此告知，於是我開始在腦中搜尋附近的咖啡廳所在位置。

車站周遭的咖啡廳很有可能會再度撞見片柳或同一所高中的學生，坦白說我並不願意，可是也不能帶著臉色鐵青的飯山繞太遠。最重要的是，雨勢變強了。我們在前往車站的同時，走進最先發現的一家小小咖啡廳。我點了咖啡，而她則是牛奶。飯山雙手捧著熱牛奶的杯子，在原本就沒什麼血色的嘴唇變得更蒼白的情況下，像是貓兒般小口小口舔舐著。

我們倆很罕見地沒有對話。飯山的身體狀況當真很差，我對此感到內心動搖。所謂的藥劑多半都是這種東西。為了抑制或驅動某物，連多餘不相干的地方也會影響到，很難只針對一個地方產生恢復效果。畢竟醫學並不是魔法。飯山的病狀是以相當強烈的藥錠抑制發作，其副作用似乎不是一般的藥劑可以比擬的。飯山最後甚至停下了一如字面所述以舌頭舔著牛奶的動作，很難受似地趴在桌上。

「妳好像……很不舒服。」

飯山將額頭按在桌上，搖了搖頭。

她曾經說過，自己先前都是吃藥度過校園生活。就連我也曉得，青春年華的女孩子往往會有身體不適的時候。飯山也不例外地偶爾會休息不上體育課或是到保健室去，但我不覺得有特別頻繁。她便是如此隱瞞到現在的吧。她從未在別人面前，表現出如此煎熬的模樣。

「總覺得……對妳很抱歉。」

飯山稍稍抬起頭來看向我。雖然不發一語，不過我曉得她在問「抱歉什麼」。

「呃……我是在想說，我真的沒能為妳做任何事。」

飯山伸出手，輕輕地拍了拍我的頭。

為什麼會是我被安慰呢？忘記帶藥，讓片柳她們起疑心，只能眼睜睜看著飯山在眼前受苦的我，為何會受她安慰？

我握起了飯山變得冰冷又蒼白的手，她又再度趴到桌子上去了。我那杯未曾動過的咖啡逐漸涼掉。

過了五分鐘左右，飯山說要去洗手間便離開了位子。雖然她走路搖搖晃晃的，不過有好好打開女廁的門，進到裡頭去了。

我終於拿起了徹底涼掉的杯子，緩緩地將微溫的咖啡灌進胃裡。我根本喝不出味道來。反正只是要價數百圓的常見烘焙咖啡。

明明我應該早就知道了。

飯山直佳並不尋常。她抱有缺陷，並不是普通人。今後她的症狀會漸趨嚴重。是我開口告訴她「即使如此，妳也要活下去」的。是我對她提出了殘酷的要求，要她「就算腦部受損，也要繼續走下去」的。然而——我卻忘了藥錠？自己的愚蠢真是令我錯愕到無以復加的地步。你究竟是何時開始變成一個這麼悠哉的傢伙了啊，內村秀？旅行時在飯山的顧慮下，讓我失去了危機意識。那天她不讓我看到自己飽受折磨的樣子，所以我才不用親眼目睹。這個我知道。可是，我總覺得自己後知後覺地理解到，那真正的意義和價值所在。我明白，她的貼心超乎我想像的重要。

我腦中某處認為，她的狀況並沒有那麼糟糕。只不過是在幽靈教室見到的那一幕過於慘烈，平時更加輕微。旅行的時候也是，我心中某個角落覺得她的症狀沒那麼嚴重。可是，事實並非如此。那是飯山的標準狀態。然而，我卻——

我以和飯山相異的理由趴在桌上。

——偽善者！

我的腦中響起怒罵聲。

我該不會是陶醉於救不了她的自己吧？我是不是自以為悲劇主角啊？我當真是個無可救藥的傢伙。我好想死掉。這不是一句可以輕易說出口的話語。明明三番兩次要飯山活下去，我又有什麼臉說自己想死呢？儘管如此，我依然萌生了一死的念頭。我好恨、厭惡、討厭自己。討厭到骨子裡。乾脆就讓我的腦袋壞掉不是很好嗎？

「……唉。」

大大地嘆了口氣的我，抬起頭來。

我含住一口咖啡，緩緩吞下肚之後做了個深呼吸。

總之，今後我得更振作一點才行。不能忘記帶藥和隨身碟，還要想辦法處理片柳她們的事情。之後，我要盡量多多陪伴她。這應該是內村秀唯一做得到的事才對。

我凝視著空空如也的咖啡杯，而後望向對面的位子。幾乎沒有減少的熱牛奶，已不再冒著蒸騰的熱氣。飯山她還沒有回來。當我想說「她去得還真久」而窺視洗手間的方向時，店員便大聲呼喊著。

「客人，您沒事吧！」

我反射性地站了起來。

聲音是從洗手間的方向傳來的。

明明我起身很迅速，前往洗手間的腳步卻是遲緩到驚人。那兒有少許人在圍觀，我看不太清楚。我撥開人群前進，而後看向現場。

飯山她吐了。

「飯山！」

我像是掙脫了束縛似地飛奔而去，抱起飯山的身子。臉色鐵青的飯山在我一抱之下又吐了，將嘔吐物灑得我整片胸口都是，傳來一股酸味。我毫不介意地搖晃著飯山。

「飯山！飯山！」

「請冷靜一點，您是她的朋友嗎？我剛才已經叫救護車了，就暫且讓她安靜地休息吧。最好不要太過劇烈地晃動她。」

這名女店員雖然年輕，語調卻很沉穩。我便像是被潑了一頭冷水般噤口不語。

飯山沒有體溫。她的身體好冷，簡直像是冰塊一樣。我很難將這個冰涼又柔嫩的物體認為是飯山。照理說應該纖細且輕盈的身軀，如今變得沉重不已。飯山又再度嘔吐，穢物沿著我的手臂流淌而下。她幾乎把胃裡頭的東西都吐光了，嘔出來的只有胃液。或許她在洗手間也有吐。

遠處鳴響著警笛聲，讓我知道是救護車接近而來了。店門開啟後，救護員們便匆匆過來，並和店員交談了兩三句。他們向我臂彎裡的飯山說了些什麼，還有向我做了某些確認，可是腦袋打結的我根本無法做出像樣的回應。每當對方提問，都是由店員小姐代替我說明。

不久後，救護員試圖從我懷裡帶走飯山，我便反射性地加以抗拒。他們對我說了些話，按住我的手臂。飯山要離開了，要跑到某個遙遠的地方去了……這時，飯山忽地抬起頭，以朦朧的雙眼看著我。

我確確實實地聽見了她喃喃說著：「沒有『啊——』。」

＊

飯山就這麼被送到了醫院去。那裡的人聯絡她的監護人並告知她的狀態後，飯山就被轉送到平時就診的那間醫院去了。我是在很後來才知道這件事。那天我只能追趕到第一間醫院，其後就失去了她的下落。無可奈何的我，只好踩著沮喪的腳步回家了。

我有試著撥打飯山的手機好幾次，可是都沒有回應。我不曉得她的電子郵件信箱。早知道事情會這樣，就該先問過她的。明明電腦也可以傳送郵件，我卻認為「反正不會寄」而不曾詢問。平常我們幾乎沒有互相聯繫。我也不喜歡她打到家裡來由父母接聽，因此基本上我只有在住家附近的公共電話打給她。我從那座電話亭走了出來，之後便搖搖晃晃地打道回府。聽到母親當真擔心地說「你的臉色好像很差」，我便逃也似地躲到房間裡。

藥物的副作用。

即使我明白，但那根本已經是病了。就像是為了抑制發病的藥劑，又引發了別的病症一樣。

她抱著那樣子的缺陷，究竟是如何度過校園生活的呢？就旁人的眼光來看，她似乎很樂在其中。可是在那張燦爛的笑容背後，她到底承受了多少痛苦？懷疑自己的記憶，並避開別人的耳目，吞下效果十足卻有強烈副作用的藥錠。將這份苦楚隱藏在肚裡的她，是以什麼樣的心情面對同學的呢？

我要自殺尋死。

我活得好累。

這個答案，就是那份遺書嗎？

對一切感到筋疲力盡，不曉得自己是不是還活著，所以才會想拋棄生命嗎？縱使活下去，她的時間也所剩無幾，僅有絕望無比的未來在等著她。我從來沒有問過她想自殺的理由，她也不曾提過。然而，我覺得現在它再清楚也不過地攤在自己眼前。

這便是那顆隨身碟的真相。

她曾想尋死的理由。搞不好現在仍想一死的理由。

倘若要受到這樣的折磨，或許一死百了還比較好。

往後的人生，她腦中的一角鐵定會一直帶著此種念頭吧。她將會和這樣的想法及痛楚奮戰下去，隻身一人反抗著。受我唆使、被我奪去隨身碟、以我這條命作為人質，善良的她接受了偽善者的要求。她在僅能袖手旁觀的我面前，不斷被惡魔侵蝕著身軀，最後什麼也想不起來，和腐壞的大腦一同枯朽。這樣的她，究竟會被什麼所拯救呢？

最起碼，那不會是我——一思及此的瞬間，我再也無法撥電話給飯山了。

我總覺得，自己沒有那種資格。

*

我醒來後，發現外頭久違地下著雨。我慢條斯理地爬出被褥，打開了窗戶。潮濕的空氣裡混雜著潮土油的氣味。雨似乎才剛開始下，柏油路上的黑色斑點逐漸暈染開來。

我拿著傘，在不被母親發現的狀況下出了門。

從那之後已經過了三天。我都沒有見到飯山，也不曉得她現在怎麼樣了。即使仰望著塑膠傘而行，我的心情也絲毫不感到雀躍。雨水彷彿嘲笑著悶悶不樂的我，在透明薄膜上頭彈跳後汩汩滾落。

我離開家中，沿著最近的河川朝上游緩步而去。我很喜歡在河邊散步。下雨天的河川，感覺能強烈感受到潮土油，有股水的濃烈氣味。

我覺得自己能夠溯溪而上，走到天涯海角。

然而，我平時總會掉頭折返。我一直認為，那樣總有一天會再也回不來，不是一件好事。可是，今天我卻覺得就算無法回頭也無妨。我想不斷往上游走，走向河川源頭之處的另一頭去，乾脆跑到遙不可及的地方好了。

「內村？」

有人出聲呼喚著我。透過雨傘昂首望著天空走路的我，緩慢地把視線拉回前方。身上穿著索然無味的茶色與白色服裝的少女，乍看之下我認不出來。平常總是身穿酒紅色開襟衫的片柳，便服的她出乎意料地樸素。我直愣愣地凝視著這樣的她。

「你在『這種地方』做什麼呀？」

我環顧四周，發現是陌生的住宅區。這裡是哪裡啊？我是一直沿著河川走，不過這麼說來，我不太清楚路會接到哪兒去。

「……散步。」

「你從哪裡走來的呀？」

「家裡。」

「你家在哪兒來著？」

我告訴片柳我家那邊的車站名稱後，她便杏眼圓睜。

「你以為從那兒到這裡有幾公里遠呀！有七站的距離耶！」

我不曉得片柳家在哪裡，不過知道她是搭乘電車通學。先前我聽她聊過月票的事。

比起自己走了七站遠的距離，同一條河川流經我們倆的家一事，令我莫名地感慨萬千。我也知道飯山家的位置。她和我住在同一個鎮上，離我家頗近。在她家旁邊也有著相同的河川。

「沒什麼大不了的啦，我很擅長散步。」

我隨口答道。一旦有所自覺，便發現雙腳好痛，人也很疲倦。然而，這些一點都不重要。

「話是這麼說，可是你的臉色很蒼白耶。應該說，什麼叫擅長散步呀？沒有人不擅長吧？」

片柳嘆了口氣後，手扠著腰。我沒料到會有令她感到錯愕的一天來臨。不過，現在的我或許確實無能到讓人傻眼的地步。

「過了這座橋之後直直走就是車站了，你回去就搭電車吧。」

「多謝妳的親切。」

「還有，已經沒下雨嘍。」

片柳指著我所撐的傘說道。

是真的。雨不知何時停歇了，我只是隔著傘在仰望深灰色的天空。是什麼時候停下來的呢？原來我如此恍神，都沒發現到不再有下雨的跡象了嗎？

「……沒關係，感覺馬上又要下了。」

我撐著傘對她說「再見」。片柳一副有話想說的模樣，可是卻聳了聳肩，把路讓了出來。

……我覺得很奇妙，她為什麼沒問我前陣子的事情。照理說，片柳應該也很在意那個雨天，我和飯山一塊兒逃亡的事。

她八成不是看穿了我的想法，不過片柳在逃也似地邁步而出的我背後，一副很刻意地喃喃說著：「對了。」

「昨天我見到小直了。」

我倏地回頭看向她。

小直。她會那麼稱呼的同學，就僅有一個人。

小直。直佳。飯山直佳。

片柳的朋友。同學。我最清楚的女孩子。

我的表情大概極度好懂吧，只見片柳的神情像是帶著「得逞了」的感覺，同時又莫名苦澀。

「瞧你的臉，你果然知道些什麼嘛。」

原來內村也會露出這種表情呢——片柳撇下眉梢，以意外溫柔的臉龐笑了。

她們並非一開始就約好，只是片柳到學校附近，偶然碰上飯山罷了。飯山似乎是一個人的樣子。她踩著好似漫步在雲端上的虛浮腳步，走在大馬路上。

「飯山同學的狀況怎麼樣？」

「還好，大致一如往常。要說她原本就飄忽不定，倒也是啦。」

我直盯著片柳的雙眼，試圖從她的眼眸深處找出弦外之音。

「我並沒有說謊啦。」

片柳不悅地揮著手，遮蔽我的視線。

「我問了她前陣子的事，結果她說『只是稍微胡鬧一下』，那怎麼可能對吧？」

只是稍微胡鬧一下。飯山把事情當成是那樣嗎？這的確有些太胡來了，任誰都清楚明白那是個謊言。如果只是飯山的反應，可能還蒙混得過去。考慮到她平時的行為舉止，這個理由還勉強說得通。然而，那時我也在場。我內心動搖到旁人都一目了然。我的個性並不會讓人把它當成惡作劇就算了。

「可是呀，既然小直撒了謊，就表示不想被人問起吧。」

片柳似乎並未深入追問。她們站著聊了五分鐘左右，隨即分開了。飯山依然漫無目的地不曉得晃到哪裡去了。

「她的樣子有點怪怪的。」

片柳說。

「怪怪的？」

「該怎麼說……我不會具體地形容啦。開放校園活動馬上就要到了吧。你看就知道了。」

她的說法還真是不乾不脆。然而，我認為片柳確實沒有說謊。我不是從眼神，而是聽出了她的語氣帶著些微緊張。

最起碼我知道，飯山平安到可以四處走動。可是，她當真不要緊嗎？假如只是一時的副作用，那麼照道理來說的確不會搞到需要住院，但實際見到她痛苦打滾的模樣，我實在不認為她會是個身體健康的人。

暫且確認她平安無事，明明我應該鬆了口氣，然而鬱悶不安的情緒卻糾纏著我的心。她為何會在外頭飄忽不定地亂晃呢？她現在心裡在想什麼？又是在做什麼呢？我該和她聯絡嗎？理論上她的手機裡留有來電紀錄才對。雖然公共電話不會顯示號碼，但追根究柢會這樣打去的人頂多只有我，她應該曉得才是。

「噯，內村。」

片柳的聲音闖進了我千頭萬緒亂成一團的腦袋裡。

「小直她不要緊對吧？」

天空再次滴滴答答地下起了雨。片柳並沒有帶傘。

「妳拿去用吧。」

我硬是將塑膠傘塞給她，而後朝著河川上游拔腿就跑。

「等一下！內村！」

我並未回頭。

就僅是專心致志地前往上游，沿著有強烈潮土油氣味的河川，以全力奔馳。

我記不太清楚那天是怎麼回到家的。

*

開放校園活動第一天是個大晴天，彷彿像是在歡迎國中生到來似的。換句話說，就是不歡迎我。即使如此，這也是工作——事實上，我只是為了見飯山才到學校的。我抵達的時候滿身大汗，被汗水濡濕的襯衫緊貼在背上。

飯山已經先到了。她在這種高溫之下，一臉泰然自若地身披白色開襟衫。那就像是排斥的象徵，一堵不讓我靠近的純白高牆。

飯山見到我，道了聲「早安」。她的笑容似乎和至今有所不同，令我僵住了。

看似陌生人的微笑。

那比白色開襟衫還要更加擾動我的心。

我無法向她攀談。

老師很快地就過來，於是我們為了進行接待工作，往迎賓用的玄關移動。我們擺了一張長桌，將學校手冊和開放校園資料堆得像山一樣高。負責接待的人並非只有我們，還有一位老師同席。這個狀況沒辦法講悄悄話。

到了九點左右，國中生零零星星地前來了。飯山親切地分發手冊，並進行資料的說明。她那副典型的好學生模樣，令國中生及監護人皆展現出心感佩服的樣子。他們壓根兒沒料到，她會是個期盼自殺的人。

然而，那只是假面具罷了。

她頭蓋骨當中，那顆漂浮在腦脊液裡的頭腦早已開始毀損了。她的內心一定也在逐漸崩壞。等待著她的僅有黯淡未來，讓人覺得她現在還笑得出來很不可思議。她怎麼有辦法在這種情形下，對前程似錦的國中生投以微笑呢？

那張笑容說不定是在諷刺。

抑或是詛咒。

我整個人心不在焉的。明明得將手冊和資料各遞交一份出去，結果不是給了兩本手冊就是忘了給資料，讓對方一臉疑惑。我還被老師提醒了。飯山則是一次也沒有看向我這邊。

大概過了兩個鐘頭，換班的學生來了之後，我們終於受到解放。

我們倆不發一語地回到教室拿東西。雖然我心想「必須說點什麼才行」，可是卻想不到藉口。然而，我知道其實根本用不著什麼藉口。只要開口說一句——呼喚她的名字就好了。但是在此時，我不曉得該怎麼稱呼她才好。

「內村同學。」

我倏地抬起頭來，只見飯山看著窗外。

「真是討厭的天氣呢。」

外頭是個大晴天。夏日湛藍的天空一望無際，天氣非常棒。但是，對我們而言並非如此。我們喜歡雨天——靜靜飄落的無聲細雨。如此晴朗的天空，不是個好天氣。

她是那個喜歡雨水的飯山直佳一事，令我莫名地感到放心。

「飯山同學。」

我終於叫了她的名字。

「嗯？」

「妳的身體還好嗎？」

「嗯，完全不打緊。抱歉喔，害你擔心了。」

飯山看似一如往常，鐵定是我想太多了。

「不，我才該說抱歉。都沒有聯絡妳。」

「你有打我的手機吧？好像有未顯示號碼打來。」

「嗯，對。可是，結果也才打了一次。」

「一次我也很開心了，謝謝你。」

飯山面露微笑。總覺得她的笑容要比平時來得柔和許多。

我們兩個一道離開教室，並肩走在處於開放校園活動中，氣氛和往常略有不同的校舍裡。我們偶爾會和國中生擦身而過。他們不是攜家帶眷，就是和朋友在一起。感覺女生比較多的樣子。

的確，男生對這種活動應該不怎麼感興趣。

來到出入口後，飯山說：

「啊，我忘了東西。」

換穿了鞋子的我停下腳步。

「我等妳，妳去拿吧。」

「不了，你先回去吧。與其說東西，我是忘了要跟老師談談。」

「永井？」

「對對對，永井老師。」

永井今天確實也有來學校。此時此刻，他或許正在開放校園活動的某處，被人狠狠使喚著。明明都放暑假了，還真是辛苦。

「會很花時間嗎？」

「唔——不曉得。所以你就先回去無妨。」

飯山笑容滿面地說道。

我隱隱約約覺得，今天的她果然異於往常。不，外表看起來沒兩樣，可是卻有某些不同。我說不上來是什麼地方，硬要說的話就是笑得太燦爛了。飯山很常笑，但不會整張臉盈滿笑容。她笑的方式會稍稍含蓄點，略微揚起嘴角那樣。今天的她，表情特別見外。

「好，那我就先回去了。」

聽我這麼說，她便點點頭，回了一句「再見」。

我認為這句話看似非常司空見慣，可是卻很少用。感覺這個語氣裡，包含著「我們不會再見面」這樣的意思。「下次見」要來得好太多了。「明天見」更是優秀。在這片夏季藍天之下，說出「再見」的少女身上包覆的氛圍實在太過憂傷，令我難以忍受。最起碼在這種時候，我希望女孩子講出來的話是「改天見」。

「『再見』是什麼意思啊？」

我笑著對她說……我是否有笑出來呢？

「一般不是都說『下次見』之類的嗎？」

「嗯，可是……」

飯山露出了奇怪的表情。

「我總覺得很快就會跟你再見面，但心情上還是想說『再見』。」

——所以，再見了，內村同學。

果然有某種突兀的感覺。

但是在此時，我沒能察覺它的真正面貌。

回到家之後，我睽違已久地播放了月崎加戀的ＣＤ。那是她推出的唯一一張專輯。裡頭有幾首包含了《透明》的獨創曲，還有一些知名古典樂。

聽著聽著，我便回憶起她那張許久未曾想起的右臉。

鋼琴這種樂器，演奏者須坐在聽眾的左手邊。這是因為，鋼琴上方的頂蓋是在左側設置鉸鍊，從右側開啟。既然如此，就表示聲音會由那兒清楚地傳遞出來，所以擺放鋼琴的時候才會將右邊朝向聽眾，鋼琴家必然地淨是會以右臉示人。我也不例外地總是從旁望著月崎加戀的臉。

不過，我也認得她的左臉。像是在教室、彈電子琴、正常聊天，或是走路的時候都看過。她的左半邊不像熟悉的右半邊那樣俏麗成熟，同時帶有與年紀相仿的稚嫩，以及難以言喻的灰暗印象。儘管如此，她卻笑口常開。

直到最後，我都無從得知她抱有什麼煩惱，內心有何種想法。

曲子中斷後，我坐起了身子。我不經意地望向桌子，見到上頭擺著我回家之後便拿出口袋的「suicaide memory」。

隨身碟反射著日光燈的光芒，燦爛生輝。

正好在此時開始播放了下一首樂曲——是《透明》。我以前經常聽發不出A音的電子琴演奏出這首……我就這麼茫茫然地凝視著標籤，後知後覺地注意到一件事。

上頭的字拼錯了。正確應該是「suicide memory」，多了一個a。

我忽地回想起來。

——沒有「啊——」。

在咖啡廳倒下那天她如此發著牢騷。假如那時——我撲到電腦前打開電源，插進隨身碟。之後啟動檔案總管，開啟隨身碟。

我點擊「七月的端粒」這個資料夾，並輸入這樣的密碼：

「CDEFGH」。

直接照字面上解釋「啊——」，就會搞不懂她的意思。然而，若是將它替換成A的話，意義就會相差許多。

在日本，音階會標記成DoReMiFaSoLaTiDo，或者是HaNiHoHeToIRoHa這樣的伊呂波順序。寫成英文會是CDEFGAB，德文則是CDEFGAH。英文的念法是字面上的發音，但德文為t͡seː、deː、eː、ɛf、geː、ʔaː、haː，A發音成「啊——」。

——我只依稀記得似乎和音階有關就是。

以前她這麼說過。確實，感覺這個最適合當作她給資料夾設定的密碼。

我以震顫的手指按下 Enter 鍵。

結果資料夾打了開來，裡頭顯示出兩個檔案。

是一個ＰＤＦ檔和音訊檔。我毫不猶豫地點擊音訊檔，焦急地等待播送著月崎加戀ＣＤ的媒體播放器切換過去。

不久之後，電腦揚聲器開始播出了小小的聲音。這是用什麼錄音的呢？至少可以肯定的是，並不是在有模有樣的錄音室裡灌錄的。

那是鋼琴的聲音。

並非知名樂曲，反倒是個人創作的曲子。我碰巧知道那是什麼音樂，所以才驚訝。

一開始是不斷重複彈奏著一段漫長的旋律，之後每一小節由兩端刪去曲調再反覆演奏。變得愈來愈短的旋律，會在某個地方戛然而止。唐突到會令人心想：「咦？已經結束了？」

我聽著音樂的同時打開的ＰＤＦ檔則是樂譜。最上頭小小地寫著《七月的端粒》。

換句話說，這首音樂就是七月的端粒。原來這是曲名。

這個瞬間，我察覺了今天在飯山身上感受到的突兀，其真面目為何。

叩叩叩——我的房門忽然被敲響了。這種事鮮少發生。現在家裡只有母親在而已。

因此極其理所當然地，開門的人是她。母親露出了相當困惑的表情說：

「有個叫片柳的女孩子打來找你。」

『由美說，她在傍晚時分見到了小直。』

片柳劈頭就如此說道。由美指的是橫川同學。她看到飯山的地方，是在學校和我們當地車站之間中央的站點。據說飯山獨自一人愣愣地杵在月台邊緣。由於橫川只是在電車裡看見她，並未向飯山搭話，不過她的模樣似乎有點奇怪，感覺隨時會跳到鐵軌上似的——結果她就這麼坐上反方向的電車離開了。

『她的表情好像很想不開。我也有打電話和傳郵件給她，可是完全沒有回應。』

我看向時鐘，發現已經過了十點。她該不會還沒有回家吧？飯山並不是個會去夜遊的人。

「片柳同學，為什麼妳會——」

『現在這個年頭，只要認真想調查，根本沒有不知道的事啦。查到你們家的電話號碼這點小事，簡直輕而易舉。』

還真是驚人的謬論。不過，我想問的並不是那個。

「妳為什麼告訴我這件事？」

『為什麼？』

感覺片柳的語氣裡帶著錯愕。

『內村，你不是在擔心小直嗎？』

擔心。

確實如此。但是，片柳她搞錯了前提。

「……我不曉得自己有沒有資格擔心她。」

『啥，那什麼意思？』

這次她清楚明白地表現出了錯愕之情。

『擔心人家哪需要什麼資格呀。你是白痴不成？』

片柳暢快地罵了我一頓。看來她的腦袋中，有某種東西和我根本不相容。

「我對她做了非常過分的事。」

『什麼事？我絕對不會原諒你，不過先說來聽聽。』

我都已經很難以啟齒了，片柳卻毫不留情。我交雜著嘆息，把話說了下去。

「我知道她會難受，還強迫她做了某件事。因為我認為那是對的。然而，當她真的因此感到痛苦不堪的時候，明明是我強迫她的，卻無法為她做任何事。我極度地無力且愚蠢。」

我並不是想設法處理她腦部的問題，或是盼望魔法、奇蹟之類的事物出現。只是我自以為——能夠為她做更多事。可是，當我一旦目睹她的問題時，便體會到自己有多麼愚昧，又有多麼無能。這件事深深重挫著我的內心。

『我說——』

片柳在電話另一頭，三度發出了錯愕的聲音。

『我們還只是十六歲的孩子，當然是既無力又愚蠢呀。哪有可能辦到那種了不起的事。再說，世上也沒有超人，能夠在人家難受的時候正巧拯救對方嘛。雖然我們不能為對方做些什麼，還是應該待在對方身邊才對吧？無論我們如何掙扎，除了自己以外的統統都是別人。因為我們搞不懂別人的狀況，所以要從旁聆聽，進行各種思索及討論後，或許才有辦法幫上些什麼忙——事情是這樣才對吧？在行動之前就因為束手無策而什麼也不做，這樣跟打從一開始就不擔心對方沒兩樣呀。』

真虧她能口若懸河地說出一堆大道理，我由衷地感到佩服。飯山姑且不論，我還真是作夢也沒想到，會有被片柳駁倒的一天來臨。

『但我覺得你應該不是那種人啦。你喜歡小直嗎？』

「……和喜歡有點不太一樣，不過可能很相似。」

我認為飯山直佳非常透明，我對她抱有類似面對雨水的情感。

因此，我才會不禁和她扯上關係。不論何時、不論如何、不論我怎麼掙扎都一樣。

「謝謝妳，片柳同學。」

目前的她會去的地方，我心裡有個底。我放下電話後，便邁步疾奔。

*

我就讀的國中早已廢校而禁止進入。校舍已經開始動工拆除，不久便會成為空地，之後在上頭蓋新的公寓大廈。知道此處發生過學生自殺未遂一事的人，頂多只有當時的在校生而已。

這所國中會廢校，和那名學生跳樓沒有關係。只是，確定廢校那年她從屋頂一躍而下，讓學校的落幕充滿戲劇性，這是鐵錚錚的事實。

那位跳樓的學生，名叫飯山直佳。

她並沒有死去。她的頭部和雙腳在劇烈撞擊下，皆受到了重創。也有傳聞說她失憶了。雖然自國中順利畢業，不過晚了一年才上高中。她和基於其他理由有了一年空窗期的我一樣，會選擇沒有其他當地學生，而且離家很遠的那所高中就讀並非偶然。打從一開始，我就無法逃離她。

我無視於禁止進入的警告標誌，悄悄溜進了學校用地內。校舍已從邊角開始拆除，四處堆滿了混凝土和瓦礫累積而成的小山。下著雨的操場裡，留有其他入侵者的蹤跡。那道腳印顯得稍微小巧，八成是女孩子的。

我由中央出入口進到裡頭，再爬西邊的樓梯上四樓去。我的腳步就像那天一樣迅如疾馳。我討厭樓梯。這是因為上頭鐵定會有討厭的事情在等著我。儘管如此，今天我非到那裡不可。

*

她從屋頂上一躍而下的那天，世界被雨水所籠罩著。那場雨在我閉門不出的期間糾纏不休地下了好久。我抱膝坐在窗戶前悶悶不樂地眺望著雨勢，久久不曾厭膩。

當我望著雨的時候，就什麼也不用去思考。光是以眼睛追尋沿著玻璃窗流淌而下的雨水，時間就很奇妙地過去了。如果雨勢下得太過火，就什麼也看不清了，所以小雨是最恰好的。雨水絕對沒有硬是安慰我，僅是存在於那裡。我並非期盼人家來關心或是對我好，那時我只希望別人不要來管我。唯有雨水願意這麼做。它毫不介意我，就只是筆直地下個不停。

雨勢停歇時，光芒照了進來。我被那道光線所吸引，到了陽台去。簡直像是一道白光，刺進我長久以來習慣了灰暗天空的雙眼似的。

城鎮閃耀著白色的光輝。

雖然僅是須臾之間的事，可是光之城那時確實存在著。被雨淋濕的混凝土、外牆，以及電線上的每一顆水珠都在反射著光線，彷彿這世界整個被光芒所包覆著一般，耀眼生輝。

從那次之後，我就只有雨天會外出了。儘管沒有去上學，不過慢慢會離開房間。

是雨水帶我破殼而出的。它就只是待在我身邊，若無其事地推了我一把，並未強逼於我。

——如今這點肯定也一樣。

*

天空下著小雨。

通往屋頂的門扉敞開著。

雨滴在廢棄校舍冰冷頹圮的混凝土上頭彈跳著。屋頂上的圍欄早已撤除，一如字面所述毫無遮蔽物。有一名少女站在邊緣處。她撐著透明的塑膠傘，在雨珠之下散發著璀璨光芒。她有著一頭栗子色的長髮，身穿白色開襟衫，身影纖細。她這道背影，是我曾經在七月時所見過的。

「飯山同學？」

即使我出聲叫喚，少女也沒有回頭。她一定不是沒聽到吧。

我舔了舔下唇，再次呼喚她。

「……『加戀』？」

她的髮絲輕盈地飄逸著。

明明應該被雨淋濕了才是，卻有如空氣般輕快。

回過頭來的臉龐，無庸置疑是飯山直佳。然而，那張掛著和煦微笑的表情，卻和她至今展現給我看的任何神情都不同。

「好久不見了，秀。我就想說你會來。」

少女的聲音既是我的高中同學，也是國中同窗。就是這道嗓音說我有透明、有藍色的感覺。聲音的主人確切無疑是飯山直佳。同時也是兩年前，彈奏著發不出A音的電子琴，並叫我「秀」的少女。

那是月崎加戀的聲音。

「自從我走過一趟鬼門關以來，已經兩年不見了吧？」

月崎淺淺一笑，性感地以手指抵住下顎。這動作和飯山不搭，不過卻非常適合她。

「可是，我們一直都有在見面和聊天，說『好久不見』好像也怪怪的？畢竟就算我想起了過去的事，也不代表換了一個人。」

我煞費苦心，才撬開差點被名為苦水的接著劑封起來的嘴巴。

「即使如此，氛圍還是略有差異。」

「是嗎？秀，你喜歡哪個我呢？」

月崎露出惡作劇般的笑容。她一副絲毫不介意自己站在屋頂邊緣的模樣，左右搖晃著身軀。

「沒有分別啦。對我而言，飯山直佳和月崎加戀都是同一個女孩。」

「說得也是。對我來說也一樣。」

月崎當場坐了下來，向我招著手。我慎重地接近她，踩在屋頂邊緣上。底下一片漆黑，看不見東西。街景被雨水所模糊，散發著微弱的光芒。我不合時宜地心想：還真是漂亮呢。

「妳是什麼時候想起來的？」

我站在原地，開口問月崎。

「倒在咖啡廳那天，人在醫院時。」

月崎浮現有些自嘲的微笑答道。

「我全都想起來了。」

這次她的口氣則是感覺很不屑。

「不論是你或月崎加戀的事，統統都是。明明我最討厭月崎加戀，記不起來才好，卻全數恢復了。」

「……是我害的嗎？」

「怎麼可能。是藥劑和一點陰錯陽差的關係，導致塵封的記憶在副作用的衝擊之下想得起來了。大概就是如此。」

月崎雲淡風輕地說道。對她而言，回憶起來這件事本身才是問題，無論契機為何她都不怎麼關心吧。她從以前就把事情分得太過清楚了。月崎是個非常善於割捨的人。

「——反倒是我該道歉吧？」

語畢，月崎抬頭仰望我，於是我也俯視著她。明明她的身材應該和飯山相同，看起來卻很奇妙地比飯山嬌小。

「月崎加戀這個不像話的東西沒有死成，變成了普通的飯山直佳。她一臉渾然未覺地活在你面前。然而，你卻在飯山直佳企圖尋死的時候救了她。我不但忘了內村秀的事情，最後終有一天還是會再度想不起來呀。就在不久之後的將來，我又會再次記不得一切了。」

真是個糟糕的傢伙呢——她一臉置身事外似地笑道。

「回想不起來，就等同於忘記了。我必定會遺忘幫了我這麼多的人呀。」

「……那種事情一點都不重要。」

我注意到自己的語氣顫抖著。這份情感是憤怒。我多久沒有感受到如此強烈的怒氣了呢——喔，對了。

「如果我在生氣，就是氣妳又想著自殺這種不良意圖啦。」

上一次我的情緒如此亢奮，是飯山爽約沒來看電影那時。

「我和妳約好，當飯山意圖自殺時，我也會一起死。」

發誓不再和她有所牽扯的我，打破禁忌再次和她深交時，知道了她的腦功能障礙。見到她在幽靈教室痛苦打滾的模樣，是我這輩子最害怕的事情。從前果斷地跳樓自殺未遂的少女，如今則是因為侵蝕腦髓的苦楚期盼死亡——可是我卻無能為力、無計可施。

儘管如此，我依然無法置若罔聞。我果然還是沒辦法默默看著她死去。沒有月崎加戀記憶的飯山直佳，對我來說像是其他人，卻又徹頭徹尾地是月崎。

和她一同造訪的白神山地，既是和飯山，也是跟月崎的旅行。辛苦的程度和喜悅不相上下。少女定睛注視著自己未來的死亡，無論怎麼樣都會和月崎重疊起來。若她和過去自己未能拯救的女孩是同一個人，那心情根本穩定不下來。飯山大概不曉得我為何會露出那種表情吧。這是因為，明明我是在她面前述說她的故事，她卻不明所以。即使如此，聽了月崎的事情後，她依然願意開口說「我要活下去」。對我來說，這個約定比什麼都還重要。

「飯山和我約好了不會尋死。是妳和我這麼約定的吧。」

月崎靜靜地仰望著我。被雨水濡濕的眼瞳，看似並未浮現任何情感。她從以前就是這樣子。這名少女的雙眸沒有溫度，眼中不會映出別人。

「……你並沒有問過飯山直佳為什麼想一死了之呢。」

她喃喃地如是說。

「我看過遺書了。」

活得好累——她是這麼表明的。剛開始我不明白意思。飯山直佳的高中生活看起來過得極為順利。如果這是失去了月崎加戀的記憶所導致的，我也願意接受。縱使就結果而言，她忘掉了我這個人的存在——然而，她所背負的缺陷卻比我料想的還重大。

受到「今後的記憶必定也會全數失去」一事所束縛的她，對被封閉的未來感到絕望無比。得靠藥物苟活，不斷懷疑著自身記憶的人生也讓她精疲力竭了。

考量到她隱瞞一切度過校園生活的心情，會想一死百了或許也是無可厚非的。縱然活下去，所剩的時間也不多，僅有萬念俱灰的未來在等著自己。無論是誰都會對生存失去希望。

「飯山直佳期盼從痛苦當中解放，自殺徹徹底底是為了自己。所以，她沒有辦法將其他人捲入其中。」

她並不希望我一起尋短。她無法只是為了讓自己解脫，就連別人的性命也一起拖下水。由於我以自己的命當作人質，她不得已才選擇活下去。

「那便是飯山直佳的抉擇。」

月崎雖未頷首，卻也沒有否定。「嗯，大概就是那種感覺。」她回以肯定的方式相當模稜兩可。她毫無疑問地是飯山直佳，也可能並不是，所以才會問「那種事情」。

「那你知道月崎加戀又是怎麼會想輕生嗎？」

月崎從我身上別開了目光。

她的雙眼凝望著底下的黑暗。方才我看過，下面堆積著鋼筋。從這個高度掉到那上頭，即使是過去沒死成的她，也必定會殞命吧。一起跳下去的我也必死無疑。縱使眨眼間便會命喪九泉，劇烈撞擊鋼筋的那一刻，鐵定會痛得難以言喻。兩年前，由於沒有死去的關係，想必她飽嘗了那份照理說一眨眼就會結束的痛楚。

月崎加戀不惜嘗到如此痛苦，也要尋死的理由。

兩年前，我應該隱隱約約地發現了。就在電子琴發不出聲音的A音琴鍵上。

她把自己比喻為那顆琴鍵。

「……妳那時認為，自己為周遭帶來了不幸。」

「並非過去式，我現在也這麼覺得。」

月崎清楚明白地表示。就像是老師上課點名一般，一字一句細說分明。

「剛才我也說過，我最討厭月崎加戀了，所以我好想讓她的存在消失得無影無蹤。為此，我才會企圖輕生。那時有個傳聞說，我是不是手刃了自己的雙親。雖然不是我直接下手，但肯定是那樣沒錯。他們就像是被我害死的一樣。我讓他們遭逢不幸。是我殺死他們的。」

我一定是被詛咒了——月崎以疲憊不堪的表情笑道。

兩年前，月崎為什麼想尋死呢？

她表示，是因為無法原諒自己這個人。

只要有我在，周遭的人們就會陷入不幸。不論父親或母親都是因此而身故的。我知道有好幾位鋼琴家被我害得丟了工作。聽了我演奏的人，根本不會萌生幸福的感覺。我的演奏隨時都洋溢著悲愴感。你也因為我的關係而受苦。我折磨得你好慘。

我——月崎加戀想必不該出生。打從一開始，我就是個不應該存在的人。

「因此，我要抹滅自己。」

就像那架電子琴的A鍵如此期盼一般。

「我決定將自己的存在化為烏有。」

如此一來，就不再有人會遇上不幸了——月崎說。

我發出極度不悅的聲音。

「那根本不是人會有的想法，妳瘋了。」

「沒錯，我是瘋了。今後我會瘋得更嚴重，給更多人添麻煩，讓他們陷入不幸。既然如此，我還是在這時消失會比較好。對吧？難道不是嗎？」

「妳死去，我會變得不幸。」

月崎的表情初次扭曲了起來。

「……這是最後一次了，希望你原諒。」

她撇下眉梢，柔和地笑了。兩年前她從屋頂摔落時，最後展露的也是這種表情。

月崎無論何時都是如此，跟她的曲子一樣。悲愴感常伴她左右。她不會主張自我，會包容一切。她會悉數接受自身的障礙和處境，不進行反抗。就連此等不幸的結局，她也全都能接納——月崎帶有這樣的缺陷。

和腦部無關，她已經不正常了。正因如此，她才能做到異於旁人之事。那時，我八成是被她這點所吸引了。

可是，現在不一樣了。

「不行，我不准。」

這次我斬釘截鐵地說道。彷彿好學生以一聲「有」回答老師的呼喚般，一字一句細說分明。

「當妳一度死去時，我體會到了自己的無力，所以我決定不要再和飯山直佳扯上關係。倘若妳能夠在記不起自己是月崎加戀的狀況下平穩過活，那麼就算忘掉我也無妨。無論發生什麼事，我都不會和飯山直佳有所往來。我原本打算，哪怕是妳再度尋短，我也不會採取任何行動。」

假如牽扯進去也改變不了任何事，那麼從一開始就置身事外比較好。那樣子就不會傷到自己了。我帶著這種想法，試圖和妳保持距離。既冷酷又任性妄為。我連「改變無能為力的自己」這個念頭都未曾有過。

「但我依然和妳深深扯上關係了。」

我實在是非常矛盾。口口聲聲說不想有所往來，一旦被搭話卻聊得停不下來。受到邀約也會接受。這是因為，我本人和嘴上說的相反，內心某處想和她有所聯繫——而今依舊。

——假如無計可施，那麼最好不要有任何瓜葛。

到頭來，我只是在對自己辯解。我無法直視無力的自己。大言不慚地說什麼明白自己束手無策，其實根本不曉得。我是因為害怕知道自己的無力，才會當作一籌莫展。幫不上忙就沒意義了。

我帶著如此傲慢的想法，擅自對自己感到失望。簡直像是想說「如果有能力，我就能夠幫她了」似的。

——我們還只是十六歲的孩子，當然是既無力又愚蠢呀。

片柳不曉得她腦部的事情。然而，即使知道算不上任何救贖，片柳也會待在她身邊直至最後一刻吧。她不會否定這種枝微末節，且極為無力又愚昧的行徑。

我也想要比照辦理。

「因此，今後我也會繼續和妳聯繫下去。不管妳之後讓我多麼不幸都無妨。不過，我可是一丁點被妳陷於不幸的打算都沒有。」

月崎目不轉睛地望著我。我發現到，她的眼中映照著細如鉤的明月。明明還在下著雨，夜空卻稍微放晴了。

「那樣不行啦。我——」

月崎別開了眼神。她的眼眸蒙上陰影，先前映出的月亮消失了。

「……反正我總有一天也會記不得你這番話的。」

「那麼，無論幾次我都會讓妳回想起來。」

我說。

「月崎加戀，妳要活下去。今後也要持續度過這段十分痛苦，不曉得生存意義的人生。就算我被妳害得不幸也沒關係，可是我無法為妳背負痛楚。我沒辦法代替妳腦部受損，或是吃藥吃到吐出來。我束手無策。因此，我只會在妳身旁告訴妳『活下去』。我會一直講下去。每當妳意圖尋短或是記不起來的時候，我就會這麼說。之後妳哪天當真撒手人寰時，我會說一句『妳盡力了』而不再要妳『活下去』。不過，在那一刻到來之前，妳都要繼續活著。妳要活下去，直到端粒耗盡那天為止，不斷聽著我的聲音。」

月崎並未抬起頭來，僅是搖了搖頭。

雨勢減緩了些，或許會就這麼止歇。我漠然地心想，希望雨現在不要停。我想再稍微被夏夜灑落的微溫雨珠擊打一下。

「對了，我聽了那首曲子喔。」

聽見我這麼說，月崎的身子猛烈一顫。

七月的端粒——沉眠在隨身碟裡頭的樂曲，確切無疑是月崎在國三的夏天所譜的。音訊檔裡收錄了鋼琴演奏版，而我曉得那確實是月崎所彈奏的。

「妳作曲的時候是用那架發不出A音的電子琴，可是實際上卻是用發得出A音的鋼琴彈奏，對吧。」

「當然呀，因為樂譜就是那麼寫的。」

「的確，如果是沒必要的聲音，無須寫進譜裡。但我覺得，這是一首應該要在樂譜裡有A音的狀況下，以沒有A音的電子琴彈奏的曲子。」

月崎以一副丈二金剛摸不著頭腦的表情抬頭看我。

她不明白嗎？

抑或是明明知道，卻佯裝沒有察覺呢？

無論是怎樣都好。

我將手伸進口袋，拿出一把陳舊的口琴。這是一把和那架電子琴相同，發不出A音的缺陷品。見到月崎一臉驚訝地凝視著口琴，我露出苦笑。

「因為加戀和飯山同學都跟我說過想聽聽看啊。」

她的樂譜裡，有個透明的聲音。我認為她應該有一聽的必要。

《七月的端粒》在譜上是個僅有二十小節的曲子。

最初兩次是標示著漸強符號，重複完全相同的二十小節。第三次是各省略開頭和結尾的一個小節，重複一次。第四次則是略去頭尾各兩小節來演奏，之後再反覆六次同樣的動作——這首曲子的構成便是如此。最後剩下來的，只有短短的四小節。

其基本旋律極為單純，以口琴吹奏也綽綽有餘。略顯哀傷的節奏，令人想到七月的黃昏時分。讓我回憶起今年及兩年前的七月所發生的事。這點月崎多半也一樣。

對學生來說，七月是個忙碌的季節。在正逢梅雨之時迎接它的到來，再從雨季轉移到盛夏，可謂瞬息萬變。此時還有考試和暑假，在手忙腳亂之際進入八月後，三十一天的濃密記憶便會覆蓋過這個季節，令它轉眼間被遺忘掉。

我認為大部分的學生都喜歡八月勝過七月。因為八月有暑假和活動，沒有考試也不會下雨。但是月崎卻喜愛七月。她愛著這個會下雨、有夏天的氣息、剎那間便將時間消磨殆盡，令人眼花撩亂的季節。她愛著直到七月的端粒耗盡為止的這段短暫光陰。

她的曲子總是散發著悲愴感。然而摒除A音後，《七月的端粒》聽起來卻也很奇妙地像是首愉快的樂曲。彷彿象徵著下個沒完的雨勢似的，不時會不自然地缺少音色。可是，那八成不是沒有聲音的意思。

確實有音調在那裡。

無聲的音色。

不能光是不彈出來。

沒有A音的琴鍵是不可或缺的。

它的音色，其實並非沒有發出來。

那是透明的聲音。

儘管聽不見，卻無疑存在著。

由於太過透明澄澈，所以聽不到的A音。明明如此，我們卻曉得它像是夏日小雨。我們知道它的音色極其悅耳，既透明又細如絲，有如我們所喜愛的雨水。

這是因為，我們聽得見。

我和月崎聽得到這個音色。

它會替我們運送時間來。

在幽靈教室碰面一事。

兩人一起去看電影一事。

眺望沿著玻璃窗流下的雨水，同時喝著咖啡一事。

白神山地和青池，於七月到秋田旅行的事。

還有——快要壞掉的電子琴、擁有透明音色的A鍵、傍晚時的屋頂、七月的湛藍晴空，以及好似梅雨遺物般的冰冷雨勢。

我們在七月留下了許多的回憶，刻劃了鮮明強烈的記憶。我們每天都依依不捨地過活，像是細數著邁向尾聲的七月還剩下多少日子似的。這一切我都記得。縱使想不起來，妳一定也記得。

會發出透明音色的A鍵，才不會給周遭帶來不幸。

絕對沒有那種事情。

片柳和我像這樣子擔心妳，不可能是不幸的。

因為，音色是如此幸福地帶著透明的色彩。

我緩緩放下口琴說：

「如果妳也和這個A音一樣，那麼妳就有活下去的意義啊，加戀。」

我伸出手摟住月崎，她並未逃開。我們倆在屋頂邊緣靜靜相擁著。

月崎好長一陣子都一動也不動，久到讓我想說她是不是睡著了。

「……我要你說。」

她以沙啞的嗓音說了些什麼。

「……我要你說『給我活下去』。」

我俯視臂彎裡的月崎，她沒有抬起頭。

「給我活下去。」

聽我說完，她的頭又在我懷裡動了動。

「……再說一次。」

「給我活下去。」

「……說更多次。」

「給我活下去——給我活下去、給我活下去、給我活下去、給我活下去、給我活下去、給我活下去、給我活下去、給我活下去。」

——你要不要和我殉情？

那時我應該對她說的話，一定只有這樣就好。

——給我活下去，月崎加戀。

要我說幾次都行。

無論多少次都可以。

我可是個極度任性妄為又我行我素的人啊。

「給我活下去，飯山直佳。」

妳沒有辦法獲得幸福，或是變得輕鬆。即使如此，我也只希望妳活下去。

我只要強迫月崎加戀做這件事。我僅期盼著如此——盼望一名少女活在人世。

我討厭飯山死去，所以禁止她尋短。可是，我也希望月崎活著。這兩件事情貌同實異。我希望月崎以飯山直佳的身分繼續活下去。

有如七月的端粒一般，我內心僅僅帶著這個強烈的願望。

終章

月崎加戀是飯山直佳身為鋼琴家的名字。在二十五歲的春天過世的她，直到最後都不承認那是自己的名字。唯有我一直叫她「加戀」。她只有在我呼喚「加戀」的時候，會露出回想起某些事的表情，並淡淡地微笑著。

十八歲那年，大腦狀態惡化的她，幾乎臥床不起了。除了海馬迴和大腦皮質以外的部分，開始出現了負面影響。然而，即使過了二十歲，她也並未陷入時時發病的狀況。不曉得是選擇「活下去」的她所進行的抵抗，抑或是死神的反覆無常，總之——她想不起事情的時間愈來愈長，幾乎所有日子皆是如此。可是，她也確實有想得起來的時候，那時便能正常地對話。

無法上大學的她，半開玩笑地稱自己的病房大樓是「醫院大學」。記得起事情的日子，她會想了解我在大學上了些什麼課。我為了向她仔細說明而拚命抄筆記，因此成績也挺不錯的。搞不好她是為了我，才會想問根本毫無興趣的授課內容。

成人式她是坐輪椅參加的。國中的朋友們意外地都還記得我跟她。雖然我沒有詳實以告，不過大夥兒都很擔心飯山。飯山幾乎沒有說話，大概是無法開口了。

在我出社會的時候，她一個月頂多只有一天想得起事情了。抑制病發的藥錠由於副作用及用量的關係，已經不能再吃。應該說，根本是杯水車薪了。她有以點滴注射止吐藥劑，但依然常常嘔吐。再也無法進食的她，經常笑說想喝咖啡吃漢堡之類這些對身體不好的東西，讓周遭大傷腦筋。這時的她看來十分健康，感覺會長命百歲，不過我認為她實際上相當勉強自己。

到了春天櫻花綻放之際，她在滿二十六歲前與世長辭了。那天她想得起事情，而她在和我交談後，便如同沉眠般斷了氣。

「謝謝你，活著真好。」

那陣子的她每次和我見面都會這麼說，最後終於在那天成為她的遺言了。她多半不是真心如此認為的。她痛苦得不得了，極度想要尋死，但依然為了我而活著。所以我猜想最後她也是為了我而這麼說，避免讓我後悔硬逼她活下去。

她臨終的一刻像是沉沉睡去一樣。我叫她也沒有回應，於是我不斷呼喚著「加戀」、「加戀」，最後變成了放聲大喊，護士才跑了過來。被醫生宣告死亡的她，表情看起來帶著笑意。

所以我也沒有哭泣。如果我不這麼想，將會否定她笑著走完的這段人生。

——我也很高興妳願意活著。

我衷心如此認為。

葬禮辦得很低調。出席的人大半是她的親戚，除此之外就是我跟母親，還有片柳和橫田她們這些高中時期的開襟衫組，及恩師永井等，幾乎限縮在知道她隱情的人。我坐在遙遠的後方，只有和片柳及永井聊了一下。

*

基於她的遺囑，她過繼了一項遺物——一顆小小的ＵＳＢ隨身碟給我。那堆隨身碟在高中時期，成了我和記不起我的她再次交談的契機。我收下的是其中一個——也就是「內村秀」的隨身碟。

她在高中畢業後就沒有上學，因此幾乎所有隨身碟都沒有更新。例外僅有片柳和我這些依然持續有所交流的部分成員。她從未讓我看過這個。她表示「這是侵犯隱私，而且你也有前科呀」堅持不肯給我看。實際上確實有前科的我，聽她這麼說也只能乖乖地摸摸鼻子，並沒有硬是要看。對她來說，那些隨身碟就像是真正的記憶一樣，想不起事情的日子她會先看過，試圖設法和我對談。

她離開人世的那年，我在飛機上看了裡頭的內容。

內村秀，Uchimura Shu。

（補充：他討厭人家稱呼他內內（偶爾來這樣叫他一下吧））。

◆基礎資料（二〇××年三月更新）

一九××年十月二日生（我們同年）。

天秤座。

AB型（疑似）↓確定。

身高一七〇公分，體重五十二公斤（二〇××年現在）。

皮膚白淨，應該說慘白。身材纖細（也太瘦了）。頭髮是黑色的（無論何時都是既茂密又亂蓬蓬）。偶爾會戴眼鏡（有些反差萌）。便服總是穿襯衫牛仔褲。適合簡單的服裝。要認明惺忪睡眼。一頭亂髮、臉色蒼白又兩眼無神的人，有高機率是內內。

其他還洋洋灑灑地寫了很多連我都不記得的個人資訊和備忘錄。她是徹底進行過調查，毫無保留地記載進去了吧。一旦記下的事情，恐怕她就不會刪除了。就像人類無法自由消除記憶那般，記錄後就不清除，再不斷謄寫新的情報上去，才完成了這個——內村秀的龐大資訊體。

◆國中時期

國三的四月，我們第一次認識。他在一間像是倉庫般的教室，彈著發不出A音的電子琴。他彈得不太好，不過因為曲子很「透明」，所以令我很在意。我們的位子是一前一後，因此我記得他的名字。不知為何，他一眼就看穿了我個性很差勁。這個傢伙真是大意不得……

我們一塊兒彈奏了電子琴。看來我倆十分相似，感覺挺有趣。他會吹口琴。我說想要聽聽看，他就告訴我「往後有機會的話」。那百分之百是場面話。我決定稱呼他為「秀」，而他則叫我「加戀」。儘管令人害臊，我卻不覺得討厭。

五月，我漸漸了解到他的個性也很糟糕了。應該說相當惡劣。要是那時我有注意到的話……（笑）。他很喜歡《透明》，我記得有常常彈給他聽。只有A音發不出來，聽起來好像其他樂曲。當我彈奏鋼琴時，感覺秀都會昏昏欲睡。可是，因為他總是一副愛睏的模樣，坦白說，如今我依然不曉得他是否真的想睡。這陣子我覺得秀給人「藍色」的印象。

六月，由於興致來了，我便邀請他參加我所接下的演奏會活動，而他也出現了。這可能是初次有個知道我本性的人稱讚我。我記得很清楚，自己很開心。不過，這時的我已經決定踏上黃泉路了。這是第一次尋短。

這陣子我在作曲。記得我打算在完成之後送給秀。

七月。

我將新曲命名為七月的端粒。我沒能交給秀，其後便自殺（未遂！）

照理說她只有在高中時期拿隨身碟管理同學的資訊，所以國中時期的情報是之後再記錄進去的吧。內容都是她的回想。輕描淡寫地以「自殺（未遂！）」作結的地方，真要說也確實很有她的風格。

◆高中時期

（高二）

四月，我們在教室成了前後鄰居，他在我正後方。從一年級開始我們就同班，可是我不太清楚他是個什麼樣的人。乍看之下他沒有朋友，總是形單影隻的。午休時間他會消失蹤影。我從沒見過他展露笑容。他好像很會讀書。他是搭乘電車上學，參加的社團恐怕是回家社。感覺他喜歡音樂。不知何故，他似乎討厭我。他打死不肯跟我對上眼。我是不是做錯了什麼呢？搞不懂。有點讓人害怕。

七月一日，我們初次交談。暫且知道他討厭小番茄的樣子。他好像比想像中更討厭我？感覺他在躲我。可是他幫我撿起了我弄掉的隨身碟，而且完全沒有追問。是個性溫柔？還是單純沒有興趣？應該是後者。我摸不清他的思緒。

七月二日，我們同樣成了開放校園股長。其實我先前好像跟他聊過一次。我搞丟了存有遺書的隨身碟，總覺得在他那兒。過了一天他也沒有還給我，很可能看過內容了。可是他依然很正常地跟我說話。他到底在想什麼呢？他比我預料的還要健談，雖然人怪怪的，可是不像是個壞人。我姑且沒有被他討厭？總之，我要想辦法處理隨身碟的事。東西一定在他手上。

（補充：我想起之前和他聊過天的事了。因為病發的關係才忘掉。我們是在討論女高中生的開襟衫。把這件事加進備忘錄裡吧。）

七月四日，我們一起吃了午飯。他討厭小番茄（確定）。聽說他喜歡乙一，讓我覺得他確實有透明的感覺。我好像也是。這什麼意思？我搞不太懂。我知道了只要開口攀談，他就會回應。隨身碟的事情他仍然沒有露出狐狸尾巴。再多花一點時間和他對話，可能就會露出馬腳了。他要去看一部我正好想看的電影，我便決定耍任性，硬是跟他一塊兒去。儘管他表情不悅，最後還是答應了。他果然出乎意料地溫柔。

七月七日，看電影的事情我爽約了。爛透了，我好想死。

七月九日，他氣得亂七八糟。該怎麼辦？他要我週末再陪他去一次，這次我非去不可。我已經搞不清楚到底是為了監視他，或是不想被他討厭了，總之，若是惹火他，導致他去舉發隨身碟的事情，我也很傷腦筋。

七月十三日，我們向彼此道歉了。雖然我沒有道理讓他賠罪就是。他果然是好人。我不是很了解隨身碟的事他為什麼要保密，可是東西在他手上的時候，我想尋死的念頭就會略微變淡。我喜歡他？我不太明白。這和可靠的感覺略有不同。知道我的本性還願意平常地對待我，讓我非常輕鬆。

七月十四日，我們看了電影。真是好看。我有點得意忘形了。他以前似乎曾經發生過一件極度討厭的事情。他說有一千顆小番茄的分量，所以很嚴重。他偶爾會以一臉困擾的表情看著我。我知道他善良又有趣，也慢慢進一步明白到他的個性彆扭又愛挖苦人了。該怎麼辦？我想怎麼做呢？記憶的事情好像稍微讓他起疑了。這人真敏銳。

七月十六日，被他看見病發的樣子了。我坦承了一切。隨身碟果然在他那裡。他似乎有自己的理由，不過我並未追問詳情。反正都拿回來了，不重要。當我告訴他腦部的事情時，他一臉震驚（感覺像是出乎他的預料？）我跟他說自己以前好像自殺過的時候，他的神情相當悲痛。他陪我一起清理嘔吐物，人真好。不過，我不要再和他有所瓜葛了。

重要：不要多加涉入內村秀的事情。

七月二十日，他主動找我說話。還想說發生了什麼事，結果隨身碟被他拿回去了。他說願意幫我保管。因為我說有人帶著它會讓我比較快活，所以他才會這麼做。他說不希望我死掉。感覺好像在說喜歡我似的，讓我好高興。我還是不要尋短好了。

原來那陣子她是這麼想的嗎？從頭到尾淨是在寫我的事情，讓我很害臊。之後她還寫了很多，像是秋田之旅和暑假的事情。她想得起往事那陣子的內容，就和我聽她本人所說的一樣。上頭鉅細靡遺地撰寫著，到畢業之前我和片柳她們也開始有所交流的事，以及儘管痛苦卻也徹底享受的高中時期當中，和我的生活點滴。我清楚感受到她當真很難受，可是欣喜之情卻更甚其上——她或許是為了讓我這麼想才寫的，但我的內心依然受到了不小的救贖。

◆大學時代

◆接著成為社會人士……（某ＲＰＧ風）

後頭接續這樣的文字，之後更新頻率便下降了。她已經完全理解我，沒有特別需要寫下來的事了吧。只有在最後稍微提了一下近況，還有對我賠罪的話語。

他最近常常來看我。是不是知道我活不久了呢？謝謝喔。我總是處在想不起來的時候，對不起。

我曾跟她說過沒必要道歉，實際上她也並未在我面前致歉過。但即使如此，她也可能一直心懷歉疚。就像我本身有愧於她一樣。飯山存活於世，會令她對周遭不斷抱持著罪惡感。我則是對她有相同的感覺。這是個沒有人能得到幸福的構圖。不過，我們卻覺得這樣就好。

因為我們僅僅期盼著有對方在。我們並不希望變得幸福或輕鬆，只要彼此身邊有對方就好。這只是透明的我們，為了承認並證明彼此的存在。因此，她存在於此就是我的願望。既然心願實現，那就無可挑剔了。或許這番話不是比我煎熬好幾倍、幾十倍、幾百倍的她能夠如此輕易說出的，儘管如此我依然相信她的臨終之言。

——謝謝你，活著真好。

◆總結

他既彆扭又愛挖苦人，還很冷漠！他笑的時候總是扭曲著嘴角，一副瞧不起人似的（氣死人～）他的腦筋很好，是聰穎的軍師型人物。勞力活則是完全不行，也沒有體力。腳程是我比較快。

他頗愛講道理，有時候怪怪的，然後挺馬虎。不過他在奇妙的地方會非常仔細，感覺這種特質很像是AB型。他喜歡的食物是漢堡（意外地是個垃圾食物愛好者），討厭的食物則是小番茄（但我猜他現在其實已經不那麼討厭了……）他很愛雨天，一旦下雨就會略微變得亢奮。這種時候他的目光會稍微發亮。

他偶爾也會有可愛之處。像是不擅長接吻，馬上就會臉紅。很少主動要求牽手。比起接吻更不擅長擁抱，也不太敢和我四目相望。由於他在奇怪的地方很固執，不肯承認這些事情。這種地方就不可愛了。應該說，他不可愛的地方絕對比較多！最慘烈的就是既任性妄為又我行我素！不過──

幾乎變成像是在發牢騷的壞話最後，如此寫著：

──不過，我覺得他是世界上最透明的人。

「……還真是我的榮幸。」

我自言自語地說著，而後忽地露出微笑。我從筆電抬起頭來，這時廣播通知說飛機不久後便要降落在秋田機場了。

今天是七月最後一天。我再度前往白神山地。今年我無論如何都想再次看看山毛欅樹。我想重新遊覽這個唯一和她旅行過的地方。

我緩緩眺望著機場，將空氣吸飽整個肺部。為火車便當煩惱後，我搭上 Resort 白神號。我看到了青池和山毛欅樹林，並在樹林裡悠然走著。

——它會發出雨聲嗎？

——有聲音嗎？

——等等，安靜點……

我回憶起十年前，在這邊如此對話的少年少女。

——我聽得見。

——真的？

——有水聲。

我清楚記得，她將耳朵貼在哪一棵樹上。

我把耳朵抵在山毛櫸樹上。

伸出手溫柔地抱住樹幹。

閉上雙眼，側耳傾聽。

感覺雨聲的確混雜在靜靜地撥響森林的風聲裡。那一定是生命力旺盛的山毛櫸，它所發出的生命吶喊。

我將手伸進口袋。

而後低聲喃喃說：「妳盡力了。」

「suicaide memory」

那年七月，飯山直佳的靈魂確切無疑地在那裡，而我保管了它。如今她也在那兒沉眠著，毫無疑問地就在那裡。

隨身碟中的少女，裝模作樣地模仿著揮動指揮棒的動作。那首曲子靜靜地在我腦中開始播放。不知何時，她坐在了鋼琴前面，用她的纖纖玉指輕撫似地敲著白色與黑色的琴鍵。

這是她最後遺留下來的樂曲。

《七月的端粒》

我曾經問過她為什麼要取這種名字。果然是將自己的逝去和它重疊起來了嗎？她笑著如此答道：

——因為七月結束的時候總是吵吵嚷嚷又相當唐突，它就是那樣的曲子。我一直想成為一個像七月一樣的人呀。

這個答案非常有她的風格。

儘管兜圈子，卻也因此很透明的回答。

不斷重複的曲調。

每次演奏都會從兩端消失的小節，就像是端粒一般。

它就跟莫里斯·拉威爾的《波麗露》一樣，只有僅僅一個漸強符號。由極其微弱的音色起始，漫長的旋律明明逐漸消逝，聲音卻愈來愈大。

配置在最後短短四小節當中的七個音符。

那並非死去的證明。她生命的吶喊，就在這裡。

後記

本書是漠然持續著的「書名裡有月分的系列」第三冊。

就我個人而言，打從以前就抱持著六月＝梅雨，七月＝夏天的印象（※現居關東地區）。然而，實際上關東的氣候會在六月進入梅雨季，多半是到七月中下旬才會結束。七月一般會給人強烈的夏季印象，但實際上有一半以上都處在梅雨中，是個降雨量豐沛的月分。同時它也是個躲在晴朗夏天開端的陰影之下，其實和雨水很有緣的一個月。

因為是梅雨，大多是令人生厭的潮濕天氣，不過七月的雨水卻很奇妙地讓我感到清淨。感覺就像是為了即將到來的盛夏而開路。將灰濛濛的春季天空沖洗得一乾二淨，好讓夏天能夠來臨……這很難確切用言語形容，但我覺得梅雨止歇後的水窪裡所映照出來的夏日天空，最有「七月」的感覺。

回到主題。位於染色體末端那個帽蓋般的結構，叫作「端粒」。在細胞不斷分裂之下，端粒就會變得愈來愈短，最後短到不能再短時，細胞就不會再分裂了。因此端粒被認為顯現出了細胞的壽命。據說也有人稱呼它為「生命的回數票」。

在這部作品裡，被稱作「七月的端粒」的事物還有另一層意義，但我個人認為，如果七月有端粒的話，或許就是指梅雨鋒面了。世界會在不斷反覆降雨之時邁向八月，最後隨著梅雨鋒面的消失，七月亦同樣邁入尾聲——雖然有點令人難過，不過其後有八月在等著，也許算得上充滿希望。

我自己不曉得這個故事是否洋溢著希望，但本作是一部將主軸放在這樣的七月和雨水的青春小說。

二〇一八年　三月　天澤夏月

國家圖書館出版品預行編目資料

直至七月的人生已到盡頭 / 天澤夏月作 ; uncle wei 譯.

-- 初版. -- 臺北市 : 臺灣角川, 2019.07

面 ; 公分

譯自 : 七月のテロメアが尽きるまで

ISBN 978-957-743-139-4(平裝)

861.57 108008098

直至七月的人生已到盡頭

原著名＊七月のテロメアが尽きるまで

作　　者＊天澤夏月
插　　畫＊白身魚
譯　　者＊uncle wei

2019 年 7 月 29 日　初版第 1 刷發行
2024 年 7 月 5 日　初版第 5 刷發行

發 行 人＊台灣角川股份有限公司
總　　監＊呂慧君
總 編 輯＊蔡佩芬
主　　編＊李維莉
設計指導＊陳晞叡
美術設計＊邱靖婷
印　　務＊李明修（主任）、張加恩（主任）、張凱棋、潘尚琪

台灣角川

發 行 所＊台灣角川股份有限公司
地　　址＊104 台北市中山區松江路 223 號 3 樓
電　　話＊（02）2515-3000
傳　　真＊（02）2515-0033
網　　址＊www.kadokawa.com.tw
劃撥帳戶＊台灣角川股份有限公司
劃撥帳號＊19487412
法律顧問＊有澤法律事務所
製　　版＊尚騰印刷事業有限公司
I S B N＊978-957-743-139-4